# 도서관 별책부록

우리는 도서관에 산다

마이클 고먼

# 신도서관학 5법칙

1) 도서관은 인류를 위해 봉사하라

Libraries serve humanity

2) 지식을 전달하는 모든 형태를 도서관 자료로 고려하라

Respect all forms by which knowledge is communicated

3) 도서관 서비스를 향상시키기 위해 기술을 적절히 활용하라

Use technology intelligently to enhance services

4) 지식에 대한 자유로운 접근을 수호하라

Protect free access to knowledge

5) 과거를 명예롭게 여기고 미래를 창조하라

Honor the past and create the future

# 사서 고생하는 사람들의 이야기

2020년에는 코로나19로 도서관을 열지 못하는 일이 잦다 보니 도서관 문을 닫고 노는 거 아니냐는 민원이 꽤나 있었습니다. 사서를 도서관에서 책을 대출해주는 사람 정도로 인식하기 때문이 아닌가 싶습니다.

사서들은 종종 자신들을 '사서 고생하는 사람들'이라고 표현하곤 합니다. 언뜻 사서가 하는 일이 단순해 보이지만 무척이나 다양하고 자발성이 필요하기 때문입니다. 대치도서관 사서들이 쓴 이번 책은 사서 고생하는 사서들의 이야기이며 사서 고생한 결과물입니다.

강남구립도서관 16개 관 사서들은 도서관 업무 외에 반드시 해야 하는 활동이 있습니다. 바로 '사서 연구회'입니다. 5년 전부터 사서들이 좀 더 이용자 지향적인 서비스를 하기 위해 공부를 시작한 것이 사서 연구회로 발전했습니다. 2020년에는 도서관별로 직접 연구

주제를 정하고 한 달에 한 번씩 모여 자료를 찾아 토론하는 방식으로 진행했습니다.

도서관의 특화서비스 영역에 맞춰 환경 및 이용자 분석, 소장 자료 분석, 북 큐레이션 구성이나 프로그램 개발 연구, 도서관 공간 개선을 통한 이용자 중심의 공간 활용 연구를 했습니다. 비대면 시대에 걸맞은 서비스를 고민하는 도서관에서는 영상 콘텐츠 제작, 독서 모임을 위한 북 키트 제작, 디자인 싱킹을 활용한 서비스 개발 연구를 진행하기도 했습니다.

그런데 대치도서관은 좀 색달랐습니다. '책 짓는 사서들'이라는 타이틀로 사서들이 모두 참여하여 도서관에서 경험한 일들, 사서로 살아가면서 느끼는 것들을 글로 쓰고 직접 책으로 만들기로 했습니다.

책을 한 권 출간하는 데는 많은 시간과 정성이 필요해서 연구회 시간만으로는 불가능하지 않을까 싶었는데, 몇 달간 글쓰기와 씨름하며 마침내 마무리 지었습니다. 역시 사서 고생하는 사서들이 맞습니다.

대치도서관은 공공도서관이지만 은마아파트 상가 한편에 자리 잡은 200평이 채 되지 않는 동네도서관입니다. 관장님은 빈티지한(?) 도서관이라고 우스갯소리로 말하지만 1999년에 개관하여 시설에서 세월의 흔적이 묻어납니다.

하지만 이용자 수나 대출 권수, 독서문화 강좌는 전국에서도 손꼽힐 만큼 많습니다. 철학을 특화 주제로 해서 동아리를 운영하고 심도 있는 강좌를 꾸준히 열어 다른 지역에서도 강의를 들으러 찾아옵니다. 심지어 여러 기관에서 벤치마킹하기 위해 방문하기도 합니다. 신청 인원이 많아 늘 대기자가 있는 인문학 강좌를 매회 촬영하여 유튜브에 올리기도 합니다. 한마디로 엄청나게 바쁜 도서관이지요.

2020년 10월과 11월에는 연이어 강남구 동네 인문학 행사로 유현준 교수와 손미나 작가 온라인 북 콘서트를 열기도 했습니다. 이 와중에도 중단하지 않고 책 작업을 마무리한 관장님과 사서들에게 박수를 보내고 싶습니다.

2002년부터 현재까지 약 18년간 강남구립도서관을 위탁 운영해 오면서 저에게는 우리 사서들에 대한 큰 자부심이 있습니다. 우리 사서들을 보면 자연스레 랑가나단의 도서관학 5법칙에서 '도서관은 변화하는 유기체'라는 말이 떠오릅니다. 도서관이 사회적 변화와 이용자들의 욕구에 맞춰 변화하는 만큼 도서관을 이끄는 사서들도 변화하고 성장하는 모습을 볼 수 있었기 때문입니다.

2020년에는 특히 예상치 못한 코로나19를 겪으면서 도서관은 비대면 서비스에 대한 고민과 함께 새로운 시대에 맞는 사서의 모습으로 진화하기 위해 사서 고생을 마다하지 않았습니다. 혹시 도서관 현장에서 또는 온라인에서 우리 사서들의 섬세한 수고의 손길을 발견하신다면 '좋아요'하고 응원 부탁드립니다.

대치도서관 유순덕 관장, 숙진 과장, 윤미 팀장, 의채, 한슬, 영아, 윤정 사서들과 태경 님이 함께 만든 이 책의 출간을 진심으로 축하드립니다.

소박한 글이지만 한 사람 한 사람의 소중한 경험이 담긴 이야기를 통해 앞으로 도서관에서 마주칠 사서를 더욱 친근하게 느끼는 계기가 되기를 바랍니다.

변현주

(사) 작은도서관만드는사람들 사무처장

* (사) 작은도서관만드는사람들에서는 강남구립도서관 16개 관을 위탁 운영하고 있다.

| 책을 펴내며 |

# 도서관에 취하고 사람에 취하다

2011년 1월 1일 대치도서관에서 첫 업무를 본 후 어느새 10년의 세월이 훌쩍 지났다.

처음 이곳에 왔을 때가 생각난다. 첫인상이 썩 좋지는 않았다. 사람들은 다소 날이 서 있었고, 도서관 직원을 하대하는 듯한 부정적 느낌도 받았다.

그날로부터 몇 년간은 특히 해야 할 일도 많고 넘어야 할 산도 많았다. 대치도서관에서 강산이 한 번 바뀔 만큼의 세월을 보냈다. 흔히 어르신들이 세월이 날개 달린 것처럼 빠르니 시간을 아껴서 열심히 살아야 한다고 하시더니 그 말씀을 이해할 나이가 되었다.

처음 함께 일했던 사서는 지금 한 명도 남아 있지 않다. 다른 도서관으로 업무전환이 된 사서도 있고, 결혼해서 도서관을 그만둔 사서도 있다.

그렇게 기존의 사서가 떠난 자리를 새로운 사서가 채워가고 2명이던 사서는 7명이 근무하는 도서관으로 변했다. 사서 수가 많아지면 업무가 줄어들어 편안해질 것 같지만 늘어나는 사서보다 더 빠르게 업무의 양도 늘어났다.

도서관 업무 중 가장 많이 변한 것이 아마도 문화 프로그램일 것이다. 10년 전만 해도 도서관에서 사서의 고유 업무라 할 수 있는 장서 구입 및 조직, 대출, 반납, 행정업무 등이 중요했다. 물론 지금도 중요하지 않은 건 아니지만 일부는 기계가 대신하기도 하고 외부의 도움을 받기도 하면서 업무 분장이 이루어졌다.

그사이 도서관의 가치 기준도 달라졌다. 점점 독서문화를 선도하고 개척하는 것이 사서가 해야 하는 필수 영역으로 자리 잡았다.

대치도서관의 10년을 생각해보면 장서의 양적 증가와 더불어 도서관 이용자 수도 10배는 늘어났다. 그와 더불어 프로그램의 질적 수준도 상당히 높아진 것 같다.

그만큼 도서관 이용자들의 눈높이도 올라갔다. 도서관은 빠르게 성장하는데 사서들도 함께 달리지 않으면 그 속도를 따라갈 수 없는 시대가 된 것이다.

그 속에서 함께 성장하면서 달려온 사서들의 역사와 도서관을 아끼고 자랑스러워한 이용자들의 이야기를 이 책에 담았다.

대치도서관은 2014년부터 '인문학 특성화' 도서관으로 자리매김했다. 매일같이 민원에 시달리던 도서관이 이제는 민원이 거의 사라져 평화로운 곳이 되었다. 지난 10년간 모든 에너지를 총동원하여 열심히 일하고 성장해준 고마운 사서들이 대치도서관을 언제든 찾아와 머물고 싶은 공간으로 탈바꿈시켰다.

또한 나와 함께 책을 읽고 의견을 나누는 '인문독서토론클럽' 회원들은 어려움을 함께 견뎌내며 지금의 대치도서관을 영광스럽게 만들었다. 이제는 뭘 해도 두려울 게 없는 도서관이 되었고, 아무리 규모가 크고 좋은 도서관을 보더라도 나는 대치도서관이 자랑스럽다.

도서관 때문에 이사 가기 싫다고 말씀하는 분, 자신이 살아온 날 중 지난 10년간 대치도서관에서 책을 읽은 것이 제일 잘한 일이라고 말해주는 분들이 있는데 무엇이 부럽겠는가.

오늘도 도서관에서 필요한 일이 있다고 하면 벌떼처럼 모여드는 일명 '대치도서관 공무원들'이라고 불리는 이용자들이 있다. 그들의 욕구를 적절히 이해하고 도서관 일에 열정을 다하는 사서들을 보면서 내가 이곳에 함께하고 있음에 감사한다. 그들은 도서관에 취하고, 나는 이들에게 취해서 오늘도 살아가고 있다.

이 한 권의 책이 세상에 나오기까지 도움을 준 분들이 많다. 리스컴 출판사 이진희 사장님과 직원들, 편집을 해준 남은영 작가, 김샛별 디자이너에게 감사의 말씀을 드린다.

도서관 현장의 목소리에 귀 기울이고 지지와 지원을 아끼지 않은 강남구청 '책 읽는 도시 팀'에게도 이 글을 빌려 감사하다는 인사를 전하고 싶다.

독서로 세상을 밝히는 일에 전 인생을 바친 김수연 대표님을 통해 '책 읽는 삶이 아름답다'는 것을 배웠다. 그리고 언제나 나의 편이 되어주는 변현주 처장, 사서 업무만으로도 너무 바쁜데 어려운 작업을 함께 해준 대치도서관 사서들, 도서관의 새벽을 열어주는 태경 님. 이들이 있어 언제나 열정을 다해 살 수 있었다.

다시 한번 마음을 다해 감사를 전한다.

유순덕
대치도서관장

## 1장 우리는 도서관에 산다



## 2장 언콘택트 시대, 도서관과 세상을 잇다

차례

## 3장 사서의 시간



## 4장 랑가나단의 후예들

# 1장

우리는
도서관에
산다

# 독서, 삶의 도구가 되다

## 영상 속으로 사라지는 독서

도서관이 존재하는 가장 큰 이유는 뭘까, 종종 생각한다. 아마도 사람들이 책을 통해 만나고 친해지고 독서로 이어지게 하는 것이 가장 궁극적인 목적이 아닐까 싶다. 한 사람의 독서가 그의 삶, 그리고 그와 가까이하는 사람들의 인생, 더 나아가 그를 둘러싼 사회에 어떤 식으로든 도움이 된다면 도서관이 담당하는 역할 중 최고가 아닐까.

독서가 좋다는 건 대부분이 아는 사실이다. 좋다고 해서 실천이 쉬운 것은 아니다. 이유야 많겠지만, 가장 두드러지는 것이 바로 영상으로 대변되는 시대적 흐름이다. 굳이 먼 과거로 거슬러 올라

가지 않아도 불과 10년 전만 해도 독서인구가 지금보다는 훨씬 많았다. 그 시절 보통 사람들에게 취미를 물어보면 최소 5위 안에는 독서가 끼어 있었다. 그때만 해도 재미있게 놀 수 있는 선택지 안에 독서가 있었는데 요즘은 달라졌다.

그 이유가 뭘까? 아마도 미디어로 대변되는 영상 시대인 만큼 예전보다 즐길 수 있는 콘텐츠가 너무나 다양하게 생산되기 때문이리라. 요즘 사람들은 굳이 문자로 된 책을 읽기보다는 시각적으로 의미를 함축해서 만들어놓은 영상을 통해 필요한 정보를 획득하면 된다고 생각한다. 그러나 영상은 그 이전에 텍스트를 바탕으로 만들어졌음을 알아야 한다.

## '책, 읽지 말고 들어요'

누군가가 독서를 대신해줄 수 있을까?

2008년 스티븐 달드리 감독이 만든 〈더 리더 : 책 읽어주는 남자〉라는 영화가 있었다. 물론 멜로영화여서 독서가 핵심 주제는 아니다. 그러나 책을 읽어주는 것으로 남녀 주인공들의 서사를 대신했다.

우리나라에서는 2020년 초부터 오디오북 열풍이 불기 시작했다.

방송에서 독서를 많이 하는 연예인으로 알려진 유인나와 강하늘이 목소리를 기부해 오디오북을 만드는 과정이 한 예능을 통해 전파를 타기도 했다. 요즘은 아예 '책, 읽지 말고 들어요'라는 광고가 심심찮게 나온다. 독서를 음악처럼 듣는다니! 멋지다.

그런데 정말 나의 독서를 누군가가 대신해줄 수 있을까?

우리는 일상생활 중 빨래나 청소 등 집안일을 다른 사람에게 부탁하기도 한다. 실제로 대신할 수 있다. 그 밖에도 자신이 해야 할 일 중 다른 누군가가 대신해도 결과가 달라지거나 나쁘지 않은 일들이 많다. 그러나 대신할 수 없는 것들이 있다. 그중 대표적인 것이 공부와 독서다.

공부를 예로 들어보자. 대부분의 부모들은 자녀를 학원이나 학교, 간혹 도서관에 보내는 것으로 아이들이 공부를 잘하고 있다고 안심하곤 한다. 정말 그럴까?

학교나 학원에서 선생님이 열심히 가르치고 학생은 자리에 앉아서 열심히 듣는다. 누가 똑똑해지는 걸까? 당연히 돈도 벌면서 선생님들만 점점 더 똑똑해지는 것이다. 다만 학생들이 강의실에서 열심히 들은 내용을 다시 복습하는 과정을 통해서 직접 자신의 것으로 만들 때 비로소 그 수업을 통해 학생도 발전해간다.

독서는 어떨까?

오디오북을 듣거나 아이가 잠들기 전에 부모가 책을 읽어주는 것은 좋은 일이다. 특히 아직 스스로 글을 읽을 수 없는 아이들에게 책을 읽어주거나 동영상으로 된 동화를 보여주는 것은 그 아이의 정서에 많은 영향을 미쳐 성장에 도움을 준다고 많은 학자가 주장한다.

그러나 아이들이 성장하면서 독서 방법도 바뀌어간다. 간접 독서에서 직접 독서로 점점 성장한다. 왜 그럴까?

독서나 공부는 주어지는 정보를 직접 뇌에서 인식하려는 속성이 있기 때문이다. 만약 누군가가 대신해줄 수 있다면 우리나라처럼 교육열과 자식 사랑이 넘치는 곳에서는 부모나 똑똑한 선생님을 고용해 대신해줄 것이다. 하지만 이 두 가지는 아무리 대신해줘도 효과가 크지 않다.

독서를 돈으로 살 수 있을까? 대치동에 있다 보면 간혹 이렇게 말하는 분도 있다.

"선생님, 요즘은 그런 것도 학원에서 다 해줘요."

"그런 게 뭐예요?"

"독서요."

"독서를 학원에서 어떻게 해주죠?"

"논술학원에서 어떤 것이 입시에 나올 만한 책인지 도서를 정해주고, 그 책과 관련된 정보를 요약해서 읽지 않아도 읽은 것처럼 시험 볼 수 있게 다 해줘요."

"그래서 독서도 돈으로 산다는 거예요?"

"애들이 너무 바쁘니까요."

"애들이 아무리 바쁘더라도 밥은 직접 먹죠?"

"그런데요, 선생님! 학교에서 자유학기제 하라고 하지만 그것도 대부분 학원에서 도와줘야 좋은 점수를 받을 수 있어요. 독서도 전문가가 도와주면 훨씬 논리적으로 표현할 수 있는 거 아닐까요?"

"아니요, 그건 가짜예요. 만약 그런 식으로 독서를 해결했다면 앞으로 책이 인생을 도와주고 함께해 주는 친밀한 친구가 되지는 못할 거예요."

안타까운 현실이다. 지식이나 지혜는 대신해줄 수 있는 게 아니다. 여러 방법을 동원해서 입시에 도움을 줄 수는 있겠지만 대신해줄 수는 없다. 직접적인 방법으로 점수를 올려주려다가 간혹 뉴스 사회면에 등장하는 사람도 있는데 올바른 방법은 아니며, 아이를 위한 방법은 더더욱 아니다.

## 의식을 일깨우는 '독서의 힘'

우리는 간혹 다른 사람들의 물질적 빈곤을 가슴 아파하거나 도움

줄 방법을 생각하기도 한다.

지금 세계에서 가장 가난한 대륙인 아프리카가 왜 가난한지를 밝혀 전 세계적인 공감을 불러일으킨 책이 있다. 장 지글러의 〈왜 세계의 절반은 굶주리는가?〉이다. 그는 이 책에서 우리 시대의 불쾌한 진실을 주저 없이 도마 위에 올린다. 2000년부터 유엔 인권위원회의 식량특별조사관으로 활동하면서 특히 아프리카의 빈곤에 대한 전 세계인들의 지원을 끌어낸 장본인이기도 하다.

장 지글러는 이 책에서 전 세계 120억의 인구가 먹고도 남을 만큼의 식량이 생산되는데 '왜 하루에 10만 명의 인구가, 혹은 5초에 한 명의 어린이가 굶주림으로 죽어가는가?'라고 의문을 제기한다. 그리고 이러한 불합리하고 살인적인 세계 질서는 '어떠한 사정에 의해서 등장하는 것일까, 그 책임은 누구에게 있을까?'라고 우리에게 묻는다.

장 지글러는 학교에서도 언론에서도 아무도 알려주지 않은 기아의 진실을 파헤친다. 이 책을 읽은 수많은 독자가 또는 나라가 공감해서 세계 난민이나 기아를 겪는 나라에 도움을 주는 데 기여했다.

장 지글러는 이 책에서 문제를 제기한다.

'왜, 아프리카는 지금처럼 가난한 나라가 되었을까?'

'그들의 가난은 단지 그들만의 책임일까?'

저자는 지금까지 서구 열강들이 자국의 이익을 위해 아프리카의 인력과 자원을 착취하기만 했지 그들이 스스로 자생할 수 있도록 도움을 주지 않았다고 비난했다.

책 한 권이 전 세계에 던진 파장은 엄청나게 컸다. 이 책은 청소년들을 위한 대표적인 추천도서로 지금도 많은 학생들에게 읽히고 있다.

이 책을 읽고 나 자신에게 질문을 던져봤다. 우리는 아프리카인들의 빈곤에 책임이 없을까? 풍요로웠던 아프리카 대륙을 헐벗게 만든 서구 유럽 사람들에게만 비난의 화살을 돌리는 게 맞는 건가? 그들 못지않게 경제적 풍요 속에 살고 있는 우리는 과연 그 책임으로부터 자유로운가?

좋은 음식을 배불리 먹고 살찔까 봐 걱정하는 내 모습을 돌아보며 문득 이래도 되나 싶기도 했다. 지금도 어린이들이 굶주림에 죽어간다는데 우리는 너무 의식이 없이 살고 있는 게 아닌가.

혹자는 그들이 가난한 것은 무능하고 게을러서라고 주장하기도 한다. 물론 백퍼센트 아니라고 할 수는 없다. 모든 결과에 원인이 있듯이 세상을 움직이는 건 작게는 개인에서 시작해서 사회나 국가가 그리고 세계 모든 인류가 함께 고민해야 할 일이다.

나 또한 이 책을 읽고 생각을 달리하는 계기가 되었다. 한국의 많은 독자들도 아마 이 책을 통해 혹독한 기아의 참상을 알게 되었을 것이다. 저자의 따뜻한 인류애에 공감하고, 특히 자라나는 세대에게 비참하게 살아가는 세계의 이웃들을 돌아보게 함으로써 세계시민의 자세를 일깨워주는 계기가 되었을 것이다.

이것이 독서의 힘이고 독서를 통해 전달되는 선한 영향력이 아닐까 한다.

## 펼쳐서 읽어야 내 것이 된다

독서와 음식을 비교하면 무척이나 비슷한 점이 많다. 매일 먹는 음식이 차곡차곡 쌓여서 우리 몸을 지탱할 에너지를 만든다. 마찬가지로 한 권 한 권의 독서가 쌓여서 우리의 정신을 지탱해준다.

독서와 음식은 실행 방법 면에서도 닮았다. 배가 고프다고 음식을 쳐다보기만 해서는 배고픔이 사라지지 않는다. 직접 밥을 먹어야 배가 부르다. 독서도 마찬가지다. 서가에 있는 책을 바라만 봐서는 아무 소용이 없다. 책을 펼쳐서 읽을 때만이 지식이 쌓이고 지혜가 깊어진다. 독서를 통해 얻은 지식과 지혜를 삶에 적용하는 것은 그다음이다.

요즘 정보가 경쟁력이라는 이야기를 많이 한다. 독서가 곧 정보다. 책을 많이 읽는 사람들은 그렇지 않은 사람에 비해 좀 더 많은 정보를 얻을 수 있다. 정보는 살아가는 데 유리한 도구가 된다.

나무를 자를 때 톱이나 도끼와 같은 도구가 있으면 편리하다. 삶에도 이와 같은 도구가 있으면 인생의 방향을 정하는 데 도움이 된다.

어떻게 보면 독서는 지극히 주관적이다. 누구도 독서를 대신해줄 수는 없다. 스스로 독서 이력을 만들어나가야 한다. 아마도 독서는 우리가 선택할 수 있는 것들 중 최고로 자기 결정권이 발휘될 수 있는 것 아닌가 싶다.

## 지성의 DNA를 심어주는 독서

책은 삶의 방향을 잡아주는 도구이기도 하지만 과거와 현대를 이어주는 다리 역할을 하기도 한다. 그것이 바로 책의 위대한 점이다.

인류가 수천 년 축적해온 정보와 지식을 현시대를 사는 우리가 어떻게 알 수 있을까? 책이 없었더라면 과거 사람들이 살아온 발자취를 가늠이나 할 수 있었을까? 아마도 불가능할 것이다.

나는 인간이 포유류에서 유인원으로, 또 호모사피엔스로 그리고 지금의 모습으로 진화하면서 수십만 년 동안 성장해왔다는 것을 독서를 통해 알게 되었다. 중·고등학교 교과 과정을 통해서 배우기도 했지만, 다윈의 〈진화론〉을 읽으면서 인간의 진화를 좀 더 구체적으로 이해하게 되었다.

거의 모든 학문 분야와 이론들이 책과 글을 통해 윗세대에서 아랫세대로 전수되었으며, 이렇게 해서 문명이 발전되어왔다.

아주 오래전 역사에도 문자를 먼저 사용한 민족이 전쟁에서 승리한 사례가 기록으로 남아있다. 최초의 상형문자를 사용한 이집트가 그랬고 고대문화를 꽃피운 로마가 그랬다. 만국 공통어로 사용되는 영어를 모국어로 사용하는 나라들이 지금 세계 최정상 국가의 위치에 올라서게 된 것도 같은 맥락이다.

현시대에는 다양한 분야에서 수없이 많은 이론이 존재한다. 우리는 정보와 지식을 직접 경험해서 습득하기보다는 대부분 독서를 통해서 얻는다. 그런 점에서 독서야말로 내 안에 '지성의 DNA'를 심는 것이며, 그 무엇보다 값진 인생 공부가 되는 것이다.

## 멋진 인생을 설계하는 촉매제가 되기를

앞에서 예로 든 책에서 장 지글러는 이런 질문을 했다.

'왜, 아프리카는 지금처럼 가난한 나라가 되었을까?'

'그들의 가난은 단지 그들만의 책임일까?'

이 질문 을 독서에 대입해보자.

"왜 당신은 지금처럼 가난한 독서인(?)이 되었나요?"

"사람들이 독서를 하지 않는 것은 단지 그들만의 책임일까요?"

질문이 상당히 포괄적이어서 단정적으로 대답하기 어려울지 모른다. 하지만 우리 모두 방법은 알고 있다. 아마도 사회적으로 체계적인 독서 시스템이 갖추어졌다거나, 가정 또는 학교에서 책 읽기 좋은 분위기가 조성되었다면 문제가 달라질 것이다.

이처럼 세상에 불평등한 것이 부와 경제만이 아니다. 독서도 마찬가지다.

독서는 지혜를 얻는 가장 빠른 방법이고, 가장 저렴한 비용이 드는 인생 학습법이지만, 독서에도 불평등이 존재한다. 이러한 사실을 모르는 사람들에게는 불평등한 것일 수밖에 없다. 독서에서 소외되고 책을 통한 학습에서 배제되는 것이 바로 독서의 불평등이다. 독서가 인생의 방향을 안내한다는 점에서, 독서의 불평등은 결국 경제의 불평등으로 이어지기도 한다.

사회는 어쩔 수 없이 선천적인 조건과 후천적인 이유로 불평등이 존재한다. 타고난 유전자가 우월할 수도 있고, 경제적 조건이 유리한 집안에서 태어날 수도 있다. 이 같은 선천적 조건은 스스로 선택할 수 없는 영역이다. 그러나 후천적 노력으로 인생을 바꿀 수는 있다.

가난은 경제력으로 극복할 수 있고 질병은 의료기술로 치료할 수 있지만, 독서의 불평등은 무엇으로 해결할 수 있을까?

독서의 불평등을 해소하기 위해서는 본인의 의지가 필요하다. 시간과 노력을 투자해서 얼마든지 원하는 삶으로 만들어갈 수 있다. 스스로 선택한 독서가 의식의 흐름을 바꾸고 자신의 인생을 설계하는 촉매제가 된다면 얼마나 멋진 일인가.

관장 유순덕

# 나의 사적인 도서관 생활

## 가족이나 친구가 도서관 사서라면?

모처럼 쉬는 날, 채팅방이 요란하다.

"사서님, 이것 좀 봐!"

동갑내기 친구지만 도서관 이야기를 할 때면 꼭 어색한 존댓말을 섞어 장난을 친다.

"일의 기쁨과 슬픔? 갑자기 웬 책이냐?"

"너희 도서관에도 하나 사둬라, 추천함!"

"아 네 이용자님~ 해당 책은 이미 도서관에 소장 중이라 구매가 어렵겠네요!"

"오, 역시 사서네, 빨라."

친구가 도서관 사서라면 그 친구도 남다르다. 평소 재밌게 읽었거나 관심 있는 책이 있다면 먼저 발 벗고 나서서 추천한다. 도서관에 소장 중이라면 사서가 안 읽고 뭐 하냐며 얼른 빌려서 읽어보라고 다그친다. 특정 책의 내용이나 작가에 대한 논란이 있다면 SNS나 뉴스 링크를 보내주며 너희 도서관은 괜찮냐고 걱정하며 묻는다. 물론 책을 구매하기 위해서는 까다로운 기준을 충족해야 하므로 친구들의 관심은 아쉽지만 참고 정도로만 활용한다.

한 친구는 동네 도서관을 자주 오가며 사서에 대한 궁금한 점들을 물어보곤 한다.

"도서관에 있는 직원들은 다 사서야?"

"책 못 찾겠는데 직원한테 물어봐도 돼?"

"책에 물 흘렸는데 이거 어떻게 해야 해?"

"문 닫혀서 반납함에 넣었는데 연체되면 어떡해?"

모든 질문에 명확한 답을 줄 수 있다면 좋겠지만, 도서관마다 규정이 다르고 또 상황에 따라 다를 수 있기에 일반적인 답변을 줄 수밖에 없다. 그래도 친구들의 궁금증 해결에 조금이나마 도움이 될 때마다 사서로서 자부심을 느낀다.

"으아, 늦었다!"

서둘러 나갈 채비를 하는 내게 엄마가 조그민 쪽지를 쥐여주셨다.

"이게 뭐예요, 엄마? 배이유의 '퍼즐 위의 잠'?"

"어, 엄마가 요즘 오디오북 듣잖니. 거기 나왔던 책인데, 있으면 좀 빌려와라."

내가 어렸을 때부터 엄마는 라디오 듣는 걸 좋아했다. 눈이 아닌 귀로 듣는 책 말이다. 특히 성우나 연기자들이 실감 나게 읽어주는 〈KBS 라디오 문학관〉 애청자다. 집안일을 하거나 컴퓨터를 하며 듣기도 하지만 대개는 두 눈을 지그시 감고 온 신경을 라디오에서 흘러나오는 소리에 집중했다.

성우들의 연기력이 너무나도 실감 난 나머지 부작용도 뒤따랐다.

"나한테 도대체 왜 이러는 건데! 엉엉!"

방에 누워있다가 별안간 소리 지르거나 울부짖는 소리에 깜짝 놀라 거실로 뛰어나오면, 그 주인공은 언제나 라디오였다.

엄마는 라디오에서 들려주는 문학 작품들을 주의 깊게 듣고, 맘에 드는 작품이 있으면 책으로 빌려봤다. 집 앞 10분 거리에 도서관이 있지만 너무 좁고 선풍기만 틀어준다며 투정하셨다. 그러면서 늘 이 말을 덧붙였다.

"너 같은 애들이 거기 앉아 있더라. 거기서 일하면 좋을 텐데 말이야."

"나 같은 애들?"

"어, 데스크에 말이야. 딱 네 또래 직원들이 있더라고."

밤늦게 야근이라도 하는 날이면 나를 제일 먼저 반겨주는 건 어둠을 뚫고 나오는 라디오 소리였다. 곧이어 라디오를 듣고 있던 엄마가 인기척에 일어나 오늘 하루는 어땠는지 도서관에 별일은 없었는지 물어본다. 때때로 잠이 든 줄 알고, 라디오를 끄러 가면 "엄마 안 잔다"라며 다시 두 눈을 감고 독서의 세계에 빠져들었다.

어느 날이었다. 여느 날과 다름없이 서가에 책을 정리하던 중이었다. 낯익은 실루엣이 보였다. 잘못 봤나 싶었지만 미심쩍은 마음에 다시 돌아가 확인하니 세상에 이럴 수가, 엄마였다. 헛것을 봤나? 하지만 다시 봐도 엄마가 확실했다. 집에서나 보던 엄마를 밖에서 그것도 직장에서 볼 줄을 누가 알았겠는가.

깜짝 놀란 나와 달리, 엄마는 아무렇지 않은 척 검지를 입술에 갖다 대고 조용히 둘러보고만 가겠다고 속삭였다. 혹시나 민원이 생기면 어떡하지? 실수하면 어떡하지? 가족이 보고 있다는 생각이 들자 온갖 걱정에 사로잡혔다. 대출반납 데스크로 돌아가 다시 업무를 보았지만 시선은 서가에 머물렀다. 가셨나?

3년 전 대치도서관의 모습은 지금과 사뭇 달랐다. 대출반납 데스크 앞에 테이블 몇 개를 놓아 이용자들이 자유롭게 신문이나 책을 읽을 수 있었다.

가셨는지 확인하기 위해 자리에서 일어나자 태연히 책을 읽고 있는 엄마의 뒷모습이 보였다. 웃기기도 하고 당황스러울 법한 상황이지만, 이 또한 가족이 사서이기에 해볼 수 있는 특별한 경험이 아닌가 싶다.

## 서가 사이를 눈 감고 여행하기

"저, 책 좀 찾아주시겠어요?"

"어떤 책 찾으시나요?"

"〈해리포터〉요, 어디에 있나요? 아무리 찾아도 안 보이네요."

대부분 사서, 특히 대출반납 데스크에서 근무한다면 숨 쉬듯이 하는 업무가 있다. 바로 서가 사이를 눈 감고도 여행하는 것이다. 책을 찾아달라는 요청이 들어오면, 먼저 책이 대출 가능 상태인지 확인한다. 이미 대출이나 분실, 수리 중이라면 서가에 없을 수 있기 때문이다. 책의 주소 격인 청구기호를 출력해 이용자에게 잠시 기다려달라고 하거나 책이 있는 곳까지 직접 안내한다.

"이용자님, 잠시 저 좀 따라와 주시겠어요?"

비좁은 서가 사이를 오가며 책을 잽싸게 꺼내드리면 이용자들은 멋쩍게 웃으며 말한다.

"어머, 어쩜 그렇게 책을 잘 찾으세요? 진짜 전문가시네."

물론 대치도서관 사서 4년 차인 내가 처음부터 책을 잘 찾았던 건 아니다.

도서관 면접을 앞두고 사전 조사차 방문한 적이 있다. 나중에 합격하면 근무할 수도 있으니 직접 그곳의 분위기를 느끼고 싶었다. 자, 최대한 자연스럽게, 사서가 아닌 것처럼 행동하자!

당연히 일개 면접 대상자인 나를 알아보는 사람은 없었다. 하지만 두 발은 자연스럽게 직원이 있을 법한 대출반납 데스크나 사무실을 피했다. 출입문을 통과하자마자 누가 쫓아오기라도 하듯 바로 서가 사이로 들어왔다. 휴, 성공이다. 온 김에 책이나 한 권 읽고 갈까?

"청구기호가… 813.6 최67ㅅ… 근데 왜 없지?"

이래서야 사서가 되기는커녕 면접이나 제대로 볼 수 있을까 걱정이 되었다. 서가 사이에서 길을 잃고 그냥 집으로 돌아갈까 생각하다 책을 한 무더기 들고 있는 사람과 마주쳤다. 두꺼운 목장갑을 끼고 앞치마를 한 것으로 보아 직원임이 분명했다. 하지만 대화를 나누면 혹시나 기억할까 걱정돼 아쉬움을 남긴 채 돌아 나왔다. 집으로 가는 버스 안, 다시 한번 책을 검색해보았다.

자료실 : [대치] 보존서가(사무실)

아뿔싸, '보존서가!' 심지어 사무실에 보관 중이라 찾을 수 없었던 것이다. 이러나저러나 마주하기 힘든 책임이 분명했다. 그렇게 찾아 헤맸는데, 허탈한 웃음이 흘러나왔다.

한 달 후, 아쉬움을 만회할 기회가 찾아왔다. 도서관 직원으로서 첫 출근하게 된 것이다. 가장 먼저 배운 업무는 바로 책 정리다. 반납된 책들을 북트럭에 가지런히 정리해 서가에 꽂는 일이다. 열의에 찬 모습으로 책을 하나둘 제자리에 꽂았다.

유아(JM), 아동(J), 청소년(Y), 성인, 영어원서(W, WJ) 등 '별치기호'라 불리는 그들만의 구역을 명확히 구분해야 했다. 성인 도서는 별다른 기호가 붙지 않지만, 다른 유아, 아동, 청소년, 영어원서 등은 알파벳으로 구분해 책등에 표시했다. 자원봉사자나 초보 사서가 흔히 하는 실수가 바로 아동서를 성인 서가에 꽂는 등 별치기호를 헷갈리는 것이다.

처음 1, 2주는 서가 사이를 헤매고 요령이 부족하다 보니 시간이 오래 걸렸다. 하지만 한 달이 되고, 일 년이 지나자 사서 능력치는 나날이 올라 눈 감고도 책을 꽂는 진귀한 광경을 펼칠 수 있었다.

"선생님, 제가 할게요!"

"아녜요, 선생님. 저 지금 한가해요."

"저 책 좀 꽂으면서 머리 좀 식히려고요."

서로 책을 정리하기 위해 북트럭 앞에서 흔히 벌이는 실랑이다.

반납된 책들을 열심히 정리하다 보면 계절을 막론하고 온몸은 땀에 젖고 손목은 저릿하다. 장갑이라도 깜빡하는 날엔 책에 쌓인 묵은 먼지와 날카로운 종이에 고운 내 손은 혹사당하곤 한다.

힘든 점도 많지만, 사서들은 오늘도 책을 꽂는다. 누군가는 복잡한 머릿속을 정리하기 위해, 또 다른 누군가는 요즘 어떤 책이 많이 읽히는지 몸소 이해하기 위해 등 각자의 이유를 안고 책들을 제 위치에 바래다준다.

책을 꽂다 보면 책등이 찢어져 수선이 필요한 책이나 영영 행방불명된 줄 알았던 책을 발견할 때가 종종 있다. 3년 전의 내가 그랬듯, 서가 사이에서 길을 잃은 이용자들에게 길을 안내하는 역할도 톡톡히 해낼 수 있다.

이용자들을 대신해 책을 직접 찾아주기도 하지만, 물고기를 잡아주기보다 잡는 법을 알려주는 게 더 중요한 것처럼 책 찾는 방법을 알려주기도 한다. 특히 도서관 이용이 낯선 어린이 이용자들에게는 시간이 좀 더 걸리더라도 방법을 알려주려고 한다.

"〈윔피 키드〉 어디에 있어요?"

"〈윔피 키드〉? 한글책 찾는 거지? 먼저 여기서 친구가 원하는 책 검색해볼래?"

"네, 했어요."

"그래, 여기 출력 버튼 누르면 책 위치가 나와. 선생님 따라올

래? 찾는 법 알려줄게."

한두 번 책 찾는 방법을 알려주면 이내 원하는 책을 잘 찾아서 읽는 모습을 볼 수 있다. 알려준 방법을 잊지 않고 잘 쓰는 아이들이 대견할 따름이다.

## 오늘도 수고했어

"낙서가 너무 많아서 못 읽었어요."

"우리 집 개가 물어뜯어서 새로 사 왔어요."

"여기 72페이지가 또 나와요, 인쇄가 잘못됐나 봐요."

하루에도 몇 번씩 접히고, 찢어지고, 밟히고, 물에 젖는 등 다사다난한 하루를 보냈을 책들에 오늘도 수고했다고 격려해주고 싶다. 오래된 책들은 자연스레 손때가 타지만 새로 구매한 신간들이 다쳐서 돌아오는 날이면 조금 더 마음이 아프다. 따끈따끈한 새 책이 도서관에 도착했을 때의 깨끗한 모습을 보았던 터라 더욱 애착이 가는 걸까?

훼손 도서의 경우 대출자에게 과실이 있으면 같은 책을 구매해서 변상하는 게 원칙이다. 하지만 이용률이 높고 구매한 지 오래된 도서는 변상 여부를 판단하기가 쉽지 않다. 이용자가 읽기 전부터 훼손됐을 확률이 높고, 오래된 책인 점을 고려하면 내구성이 확연히 떨어지기 때문이다.

"페이지가 뜯어져서 테이프로 좀 붙였어요."

간혹 집에서 찢어진 책을 셀로판테이프로 수선하려는 분들이 있다. 책을 아끼는 마음은 감사하지만, 가장 좋은 방법은 책을 본래 상태 그대로 반납하면서 훼손 여부만 사서에게 알려주는 것이다. 셀로판테이프는 책에 2차 오염을 일으키고, 페이지 규격이 안 맞는 등 다시 책을 읽는 것조차 힘들게 할 수 있기 때문이다. 대부분 공공도서관에서는 보수용 테이프, 접착제 등 전문 보수 용품으로 책을 수선한다.

"마지막 페이지가 없더라고요, 결말인데 못 봤네요."

"죄송합니다, 이용자님. 지금 서가에 같은 책이 있는데 그 책으로 보시겠어요? 이 책은 제가 수선해놓겠습니다."

마지막 결말을 코앞에 두고 페이지가 홀라당 없다면 얼마나 당황스러울까? 놀랍게도 분기마다 한 번씩은 있는 일이다. 처음부터 제본이 잘못됐을 수도 있지만, 자세히 살펴보면 페이지 낱장이 떨어져 나간 흔적을 찾을 수 있다. 분실된 페이지가 많지 않다면 새로 구매하는 대신 정상적인 책을 복사해 수선한다.

같은 책이 도서관에 있다면 일이 한결 수월하지만, 책이 없다면 이용자들처럼 상호대차를 이용해 다른 도서관에서 책을 받아봐야 한다. 복사한 페이지를 본래 크기에 맞게 재단하고 보수용 접착제로 붙여 하루 이틀 굳혀주면 책은 말끔한 모습으로 다시 본래의 자리로 돌아갈 수 있다.

새 책을 구매할 때도 훼손 가능성이 큰 책은 주의한다. 플랩북(Flap Book)처럼 접힌 부분을 펼쳐 숨겨진 내용을 볼 수 있는 책은 몇 번 대출됐다가 돌아오면 찢어져 있을 확률이 매우 높다. 도서관마다 차이가 있지만, 강남구립도서관은 상호대차 딱지(신청자 및 도서 정보가 담긴 종이)를 책 표지에 붙이기 때문에 테이프를 떼어낼 때 표지가 찢어질 위험이 있다. 따라서 새 책이 도착하면 맨 먼저 겉표지를 확인해 코팅 여부를 확인하고 찢어지기 쉬운 재질이면 미리 커버를 씌워 훼손을 막는다.

여기저기 다쳐서 들어오면 그나마 다행이다. 영영 길을 잃고 돌아오지 못하는 책들도 있다.

"책을 잃어버렸는데 어떡하죠?"

"그때 변상했었는데, 책을 찾았거든요, 새 책 돌려받을 수 있나요?"

"중고도서로 구매해서 변상해도 되나요?"

"절판된 책이라 구할 수 없는데 어떻게 변상하죠?"

책을 잃어버렸다면 훼손 도서와 마찬가지로 같은 책을 구매해서 변상하면 된다. 단, 품절이거나 절판된 책은 현금으로 변상할 수 있다. 대신 그 책들은 다른 도서관에 가지 않는 이상 영영 서비스할 수 없어 안타까울 따름이다.

초등학생 시절의 나는 밖에서 놀기 좋아해 도서관에 대한 기억이 별로 없다. 다만, 눈앞에 펼쳐지듯 생생한 그날의 사건은 지금도 가슴을 떨리게 한다. 여름방학 때 커다란 〈피노키오〉 책을 빌렸고, 나중에 분명 반납했다고 생각해 잊고 지냈다. 그러던 어느 날, 담임 선생님이 교무실로 불렀다. 사서 선생님이 연체한 책을 반납하라고 했다는 것이다. 연체 기간이 너무 길어 담임 선생님께 전달한 모양이었다.

"안녕하세요, 〈피노키오〉 책 때문에 왔는데요."

"어 그래, 책 가져왔니?"

"그게… 아무리 찾아도 집에 없어서요. 그때 반납한 것 같은데…."

"흠… 그래? 그럼 도서관에서 한번 찾아볼래?"

이 책을 못 찾으면 큰돈을 물어내고 부모님께 혼날 생각에 눈이 빠지게 찾았다. 책은 제자리에 없었다. 문 닫을 시간이 다 되도록 샅샅이 살핀 끝에 엉뚱한 곳에서 발견됐다. 책을 읽고 아무 데나 그냥 꽂은 걸 반납했다고 생각한 모양이었다.

초등학생 시절의 나처럼 분실된 책을 도서관에서 찾을 때도 있다. 이용자가 책을 찾아달라고 요청해 자신 있게 서가로 향했지만 제자리에 없을 때의 당혹스러움이란 이루 말할 수 없다. 어? 왜 없지? 이용자에게 잠시만 기다려달라고 하고, 본격적으로 책을 찾아 나선다.

청구기호 : J 813.8 천95ㄱ

1단계, 주변을 먼저 본다. 등잔 밑이 어둡다고 제자리에 없는 책은 대부분 그 주변에 잘못 꽂혀 있다. 이용자들이 다 본 책을 북트럭에 놓는 대신 다시 서가에 꽂으면서 더러 일어나는 일이다.

2단계, 별치기호 'J'다. 'J'는 아동 서가에 꽂혀야 마땅한데 엉뚱한 서가에 꽂혀 있을 때가 있다. 다른 구역으로 가서 같은 청구기호를 찾아본다. 그래도 없다면, 아직 실망하기엔 이르다.

3단계, '813.8'로 생각할 수 있는 무수한 경우의 수를 떠올려보자. 책등에 쓰여 있는 이 숫자는 한국십진분류법(KDC)에 따라 책의 주제, 국가, 문학 형식 등에 따라 조합한 것이다. 숫자 크기가 작아 자세히 안 보면 다른 숫자로 착각하기 쉽다. 813.6, 823.8, 833.8, 843.8 등 의외의 장소에서 책을 찾을 수 있다.

그래도 책을 못 찾겠는가? 아니면 책이 망가졌는가? 혼자 끙끙 앓는 대신 사서에게 직접 물어보는 건 어떨까? 사서는 누구에게나 언제나 열려 있다. 못 찾는 책은 나름의 노하우로 찾을 수 있고, 망가진 책은 말끔히 고칠 수 있다. 그게 사서의 숙명이기에 번거롭다거나 귀찮게 한다고 절대 생각 안 하셨으면 한다. 이용자와 함께 있을 때 사서의 눈은 더욱 빛나기 때문이다.

사서 안의채

# 당신의 취향에 귀를 기울이면

## 내가 사서가 된 이유

늘 그렇듯 퇴근하고 집으로 돌아오자마자 넷플릭스에 접속했다. 맥주 한 잔과 함께 영화를 보면서 그날 쌓인 피로를 풀기 때문이다. 물론 맥주 김이 다 빠질 때까지 뭘 볼지 고르다 저녁 시간을 날리는 날도 있지만, 요즘은 그런 일이 없다. 넷플릭스가 지브리 스튜디오 애니메이션들을 2020년 2월부터 차례로 업데이트하고 있어서다.

초등학생 때인가 엄마 손을 잡고 간 영화관에서 〈센과 치히로의 행방불명〉을 본 이후로 지브리 애니메이션의 열렬한 팬이 되었다. 평범한 소녀에게 일어나는 환상적인 모험담에 빠져들지 않을 수 없었다. 특히 지브리 여자 주인공들은 그 당시 다른 애니메이션들과는 달랐다. 〈센과 치히로의 행방불명〉 속 여자 주인공이 나처럼 평범한 인물이었기에 나도 그가 보여준 용기와 강인함을 갖고 싶은 욕망이 절로 생겼다. 〈이웃집 토토로〉, 〈센과 치히로의 행방불명〉, 〈고양이의 보은〉 등 지브리 애니메이션들을 여러 번 돌려보면서 자랐다.

나의 일상은 환상적인 모험과는 거리가 멀었고, 그다지 용감하지도 않았지만…. 어쨌든 매달 넷플릭스를 결제하고, 퇴근길에 맥주 한 캔 사서 집으로 돌아갈 만큼 내 한 몸 건사하는 괜찮은 사회인이 되었다. '이 정도면 됐지.' 혼자 만족하며 예전부터 보고 싶었는데 OTT 서비스로 찾아보기 힘들었던 콘도 요시후미 감독의 〈귀를 기울이면〉이라는 작품을 틀었다.

"글을 써서 가져왔어요, 약속대로 첫 독자가 되어주세요."

주인공 '시즈쿠'는 골동품 가게를 운영하는, 친구의 할아버지에게 자신이 쓴 첫 소설을 맨 처음 읽어달라고 청한다. 중학교 3학년, 친구들은 저마다 꿈을 향해 달려가는데 시즈쿠는 저만 멈춰 서 있는 것 같아 두렵다. 그래서 친구들이 자신의 글쓰기 실력을 칭찬해준 것을 떠올려 고등학교 입시 공부, 식사, 잠까지 포기하고 장편 소설을 쓰는 데 집중한다.

"고맙다. 아주 좋았어."

"거짓말! 솔직히 말해주세요. 원하는 만큼 못 썼어요, 뒷부분은 엉망이고요. 저도 알아요."
"거칠고 덜 다듬어진 게 세이지의 바이올린 같더구나. 시즈쿠의 원석을 보게 돼서 기뻤다. 수고했다. 넌 멋진 애야, 서두를 필요 없다. 천천히 다듬어가렴."

시즈쿠는 글을 써보면서 의욕만으로는 안 된다는 것을 알게 된다. 고등학교 입시 따위 무의미하다고 생각했는데 글을 더 잘 쓰기 위해서는 무엇보다 더 많이 공부해야 한다는 것을 깨닫는다.

울며 고백하는 시즈쿠에게 할아버지는 원석이 박힌 돌을 주면서 말한다.

"이건 너에게 어울리는구나, 가져가라. 네 인생 이야기를 멋지게 써 보렴."

시즈쿠는 자라서 어떤 어른이 되었을까? 시즈쿠는 할아버지가 '고양이 남작 바론'이라고 부르는 고양이 인형을 주인공으로 소설을 썼다. 이 고양이 인형이 낯이 익어 영화를 다 본 후 찾아봤더니 〈고양이의 보은〉에서 주인공의 조력자로 나오는 '고양이 남작 바론'이 아닌가. 〈귀를 기울이면〉의 주인공 시즈쿠가 자라서 쓴 소설이 〈고양이의 보은〉이라고 생각할 수도 있겠다.

나도 시즈쿠처럼 어렸을 때부터 책 읽기를 좋아했다. 그리고 책 읽기 이상으로 아무 목적 없이 서가 사이를 어슬렁거리는 것을 좋아했다. 책 넘기는 소리만 들리는 조용한 도서관 자료실에서 책 냄새를 맡으면 소란한 마음도 금세 진정되곤 했다. 돌이켜보면 어린 시절에 나는 완전히 혼자만의 독서에 빠져 있었다. 다른 사람과 취향을 공유하는 즐거움을 몰랐고 누군가 추천해준 책은 일부러 읽지 않았으며 내가 직접 발견한 책들만 읽었다.

무엇이든 일단 시작해봐야 알 수 있는 것들이 있다. 책 읽기만을 좋아했던 시즈쿠가 직접 글을 써보면서 성장한 것처럼 말이다. 혼자 도서관 서가 사이를 돌아다니는 것을 좋아해서, 내가 읽고 싶은 책들과 읽지는 않아도 마냥 보고 있어도 좋은 책들에 둘러싸여 일하고 싶어서 나는 도서관 사서가 되었다. 그리고 지난 일 년간 도서관 자료실 데스크에서 수많은 사람과 마주하면서 그들의 취향을 조금 들여다보게 되었다.

## 바쁘게 돌아가는 도서관의 하루

도서관 데스크에서 사람들을 만나며 그들의 취향에 관심을 두게 되었지만, 사실 처음부터 그랬던 건 아니다. 대학 시절 담당 교수님이 "도서관은 너희 생각보다 바쁘다. 그리고 공공도서관은 훨씬 더 바쁘다"라고 하셨다. 그 말을 대치도서관에 처음 출근하는 날 실감했다.

2019년 5월 1일, 근로자의 날. 아마 내 생에 가장 떨리는 날이 아니었을까? 9시 되기 30분 전쯤 도서관이 있는 은마아파트 복지상가로 향했다. 열람실이 큰 도서관은 문을 열기 전부터 좋은 자리를 맡기 위해 줄을 서는 것을 종종 봤는데, 대치도서관은 열람실이 그리 크지 않으니 아직 조용하리라 생각했다.

그런데 웬걸, 2층 도서관 입구에는 이용자들이 삼삼오오 서 있었다. 알고 보니 도서관 문화행사 '인문독서아카데미' 접수 시작일이라 이 행사에 참여하려는 분들이 아침부터 등록하려고 기다리고 있었던 것이다. '이 사람은 누군데 바로 들어가지?'하고 의아해하는 눈빛을 뒤로하고 도서관으로 들어가니 사서 선생님들이 분주히 책을 찾고 있었다. 적당히 인사를 나눈 뒤 사무실 의자에 앉아 업무 인계를 기다렸다. 도대체 업무도 시작 안 했는데 뭐 그리 바쁜지 궁금했다.

도서관 이용안내

| 구분 | 평일(월~금) | 주말(토, 일) |
|---|---|---|
| 자료실 | 09:00~18:00 | 09:00~17:00 |
| 열람실 | 06:00~21:00 | 09:00~17:00 |

* 매주 화요일은 휴관일

도서관의 하루는 바쁘게 돌아간다. 그리고 이용자들이 즐겁게 도서관을 이용할 수 있도록 사서들은 부지런히 움직인다. 대치도서관 자료실은 오전 9시부터지만 사서의 업무는 그전부터 시작한다. 제일 먼저 출근한 사서가 전날 이용자들이 신청한 상호대차 도서 리스트를 확인해서 책 라벨을 출력한 뒤 자르고 있으면 뒤이어 온 사서가 이용자들이 찾아가지 않은 채로 만기일이 지난 예약도서와 상호대차 도서를 취소 및 반송 처리한다. 정신없이 책을 찾고 권수를 확인해서 발송 처리를 끝내면 어느새 9시가 되어 있다. 데스크에 앉아 잠깐 숨을 돌리기 바쁘게 자료실이 열리기를 기다렸던 이용자들이 하나둘 들어오기 시작한다. 곧이어 상호대차 실장님이 수레에 책을 한가득 싣고 온다. 또다시 정신없이 시스템에 입수 및 도착 처리를 한 뒤 책 정리까지 마치면 오전 시간이 훌쩍 지나간다.

## 책 정리할 때 말고는 뭐 하세요?

얼마 전 휴무일에 운동하러 갔다가 선생님이 주말에도 오라며 권했다.

"도서관 근무일이라 주말에는 못 와요."

"아! 사서라고 하셨지. 근데 도서관에서 일하면 책 정리할 때 말고는 뭐 하세요? 책만 읽는 거예요?"

"음, 아니요. 바빠서 근무시간에 책을 읽을 틈은 없어요."

'지금도 휴무에 일하다 왔어요'라고 말하고 싶었지만, 필라테스 동작을 간신히 따라 하느라 그렇게까지 말할 힘이 없었다. 가끔 온라인 서점 홈페이지를 들여다보다가 괜히 놀고 있는 것처럼 보일까 봐 자세를 고쳐앉을 때가 있다. 도서관 사정을 잘 모르는 이용자 입장에서는 사서가 데스크에 가만히 앉아 있을 때 한가해 보일 수도 있다.

도서관 자료실 사서는 대출/반납 서비스나 북트럭에 잔뜩 쌓인 책을 정리하지 않을 때 어떤 일을 하고 있을까?

대치도서관에서 나는 다른 사서 선생님들과 함께 수서 및 정리 업무를 담당하고 있다. 수서는 도서관 장서를 수집하는 것을 말하며, 시스템 등록 후 서가에 비치된다. 도서관에 있는 수많은 책 하나하나에 사서의 손길이 닿아 있다.

내가 사고 싶은 책을 다 살 수 있으니 얼마나 좋을까! 책을 좋아하는 만큼 도서관에 들어와 제일 하고 싶었던 업무였다. 하지만 도서관 장서의 질적 수준이 내 판단에 달렸다고 생각하니 그에 따른 책임감이 클 수밖에 없다.

신간도서 : 주로 3개월 이내 도서를 구입한다.

분담수서 : 강남구립도서관은 주제별 특화자료 서비스를 위해 도

서관마다 특화된 자료를 수집하고 있다. 대치도서관은 인문·철학 특화 도서관으로 수서 금액의 21%가 인문·철학 분야에 쓰인다.

희망도서 : 이용자들이 희망하는 도서를 구입한다. 이때 특정 이용자가 희망하는 도서만 구매하거나 특정 성향에 편중된 도서를 구매하지 않도록 잘 살펴보아야 한다.

위 사항을 고려해서 매달 두 번에 걸쳐 수서한다. 특정 주제에 치중되지 않도록 도서 구매 리스트에 주제를 표시하고, 서평가의 글을 찾아보며 기준에 부합하지 않는 도서는 제외한다.

우리 도서관 이용자들이 주로 어떤 책을 많이 찾고, 어떤 분야의 책이 부족한지를 먼저 파악해야 한다. 처음엔 도서관 업무에 적응하느라 모니터에 띄운 도서관 시스템 화면에서 시선을 떼지 못했다. 그러다 점차 이용자가 빌리려고 가져온 책이 보이고 이용자의 취향도 살피게 됐다.

## 도서관을 찾는 사람들

여느 때처럼 데스크에서 수서 업무를 하면서, '너무 내가 좋아하는 책만 사고 있나?' 고민하고 있는데, 전화 한 통이 걸려왔다.

"감사합니다, 대치도서관입니다."

"네, 도서관에 혹시 자폐증 관련 책이 있나요?"

다급한 목소리였다. 덩달아 마음이 급해져 검색해보니 다행히 몇 권이 있었다. 그는 잠시 뒤 방문하겠다며 전화를 끊었다. 두 시간이 흘렀을까? 한 이용자가 다가와 자폐증 관련 책이 있는 서가 위치를 찾았다. 선불리 말을 건네기가 조심스러웠다.

이분의 얼굴도, 목소리도 잊어갈 때쯤 상호대차로 만화책 한 권이 들어왔다. 쥘리 다셰의 〈제가 좀 별나긴 합니다만…〉이었다. 우리 도서관은 만화책을 잘 비치하지 않아 호기심에 잠깐 책을 훑었다. 자폐증과 유사한 발달장애인 아스퍼거증후군에 관한 이야기였다. 항상 자신이 비정상이라고 생각했던 이 책의 저자는 아스퍼거증후군 판정을 받고 오히려 자신과 화해하는 계기가 되었다고 한다.

이 책을 보면서 그때의 일이 떠올랐고, 이후로도 비슷한 종류의 도서가 들어오면 그분이 생각났다.

우리 도서관을 이용하는 분들은 어떤 마음으로 도서관에 와서 서가에서 책을 고르는 걸까? 도서관 방문이 일상이 되어 즐거운 마음으로 도서관을 찾는 사람들, 자신이 찾는 책이 도서관에 있기를 바라며 원하는 책을 빌리기 위해서 오는 사람들. 이런저런 목적으로 도서관을 찾는 모든 분들을 위해 더 꼼꼼히 수서해서 도서관이 모두에게 유용한 공간이 되었으면 좋겠다는 생각을 해본다.

리스트를 도서 구입 업체에 넘기고 나면 얼마 지나지 않아 MARC 파일이 넘어온다. 우리 도서관의 규정에 맞게끔 되어 있는지 검수해서 다시 업체에 넘기고 나면 드디어 도서관에 새 책이 배송된다. 하지만 여기서 끝은 아니다. 다시 MARC와 실물 도서를 대조하면서 도서 정보가 맞게 입력되어 있는지, 혹시 빠진 부분은 없는지 꼼꼼히 확인해야 한다.

가끔 자료실에서 책을 살펴보고 있으면, 책을 빌리려고 데스크에 왔다가 '드디어 신간이 들어왔나?', '어떤 책이 들어왔지?' 하면서 기웃거리는 이용자가 있다. 또는 책 제목을 확인하고는 "이 책은 언제 빌릴 수 있어요?"하고 묻기도 한다. 이처럼 새로 들어오는 책 하나하나 관심을 기울이는 분들이 있어 작업에 속도를 높이기도 한다.

'이런 책을 빌리는 분들은 어떤 사람일까?' 궁금하던 차에 고개를 들어 이용자를 보기도 하는데, 그러고 보면 도서관에는 참 다양한 사람들이 있었다.

어떤 이용자는 항상 통통 튀는 발걸음으로 데스크로 다가와 출입문에서 가까운 사서에게 반납할 책을 슬며시 내민 뒤, 상호대차 도서를 정리해둔 서가에서 가까운 사서에게 카드를 내민다. 내가 그분이 예약한 도서를 찾는 사이 신간 코너를 한 번 훑으며 새로운 미스터리 추리물이 들어왔는지 살펴본다. 데스크의 구조를 파악해 자신이 원하는 서비스를 더 빨리 찾아줄 수 있는 사서를 찾아 도서관 이동 동선을 최소화하고, 예약, 상호대차, 희망도서 서비스를 활용해 온갖 장르 소설을 빌려간다.

어떤 날엔 구병모의 〈위저드 베이커리〉가 상호대차 입수도서로 몇 권이나 들어왔다. 보통 이런 경우는 학교나 학원에서 선정한 교재이거나 논술도서일 경우가 많다. 나중에 여자아이 두 명이 함께 도서관을 방문했다.

"혹시 학원 논술도서예요?"

"친구가 추천해줘서 보려고요!"

중학생 정도 되었을까? 나도 딱 그 나이 때 이 책을 읽고, 친구와 너무 좋다며 호들갑을 떨었던 기억이 났다. 〈위저드 베이커리〉를 읽고 자란 아이가 커서 사서가 되고, 또 그 나이대 아이들에게 〈위저드 베이커리〉를 빌려준다는 게 재밌었다.

대치도서관의 장르 소설 마니아 이용자처럼 조용히 책을 빌리며 자신이 추구하는 취향의 세계에 깊게 파고드는 사람들도 있다.

반면 도서관에는 자신이 읽은 책에 대한 감상을 다른 사람들과 나누고, 다른 사람들이 추천하는 도서를 읽으며 취향의 폭을 넓혀가는 사람들도 있다. '역사의 쓸모'는 이러한 이용자들을 위해 탄생한 동아리다. 2019년부터 나도 참여했다. 이 동아리는 혼자서 읽기 어려운 명작을 1년 동안 다른 사람들과 함께 읽으면서 자신의 세계를 더 확장해보고자 하는 취지로 만들어졌다.

## 왜 도서관에 오세요?

도서관 서가 사이에서 흐트러진 책을 정렬해놓으면서 생각했다. 사서로 근무하기 전에도 도서관 서가 사이를 이렇게 돌아다니는 것을 좋아했는데, 지난 1년 동안 무엇이 달라졌을까.

문득 대학생 때 로스앤젤레스 도서관 탐방하러 갔던 일이 생각났다. UCLA 대학도서관에서 사서 선생님들과 인터뷰를 끝낸 뒤 캠퍼스 잔디밭에 앉아 학과 교수님 및 선후배들과 이런저런 이야기를 하던 중이었다.

"도서관에서 책에 둘러싸여 일하면 정말 좋을 것 같아요."

교수님께서는 나를 가만히 바라보다가 말씀하셨다.

"도서관이 누군가에게 편안한 공간이 되기 위해서 사서는 무수히 많은 일을 해야 할 거야."

'게으른 사람은 '나태지옥'(웹툰 〈신과 함께〉에 나오는 지옥 중 하나)으로 보내버리는 대한민국에서 놀면서 월급을 받는 직업이 있을 리가 없다는 것 정도는 저도 알아요'라며 속으로 투덜거렸는데, 이제는 교수님의 말씀을 이해할 수 있을 것 같다.

**랑가나단 도서관학 5법칙**

1. 책은 이용하기 위해 존재한다.
2. 모든 독자는 도서관 책에 접근할 수 있어야 한다.
3. 모든 책은 그것을 필요로 하는 독자에게 제공하라.
4. 독자의 시간을 절약하라.
5. 도서관은 성장하는 유기체다.

문헌정보학과 학생들은 일부러 외우지 않아도 외울 수밖에 없는 '랑가나단 도서관학 5법칙'이다. 랑가나단은 인도의 사서이자 문헌정보학자로 5대 도서관학 법칙을 발표하는 등 도서관학의 기틀을 잡은 사람이다. 사서를 꿈꾸며 문헌정보학과에 진학했으면서 나중에 도서관에서 일하고 싶은 이유를 말하는데 가장 중요한 '이용자'를 떠올리지 못하다니!

〈귀를 기울이면〉에서 시즈쿠는 도서관에서 빌려온 책을 읽던 중 도서 카드에서 낯익은 이름을 발견한다. 자신이 빌려온 책마다 자신보다 먼저 대출기록에 적힌 사람이 있었다. 취향이 같은 사람을 발견한 기쁨에 그를 찾아 나선다. 영화에서 도서관은 독서를 좋아하는 두 아이가 만날 수 있게 연결하고, 이들이 함께 성장할 수 있게 도와준다.

두 친구를 연결해준 계기가 된 도서 카드가 낭만적으로 느껴져 인터넷으로 찾아보다가 누군가의 블로그 글을 보게 되었다. 그분은 도서 카드가 사라지면서 도서관의 낭만도 함께 사라져버렸다며 슬퍼했다. 그러나 도서 카드에서 다른 이의 이름을 보며 느끼는 은밀한 즐거움은 사라졌지만, 도서관에서 즐길 수 있는 낭만은 무궁무진하다. 많은 분이 도서관에 와서 함께하는 독서의 즐거움을 경험해보면 좋겠다.

사서 기한슬

# 사서가 바라본 영화 속 도서관

## 사서의 시선으로부터

퇴근 후 어김없이 침대와 한 몸이 되어 유튜브를 보던 중 '현직 의사들의 병원 드라마를 본 후 반응'이라는 영상을 홀리듯 눌렀다. 유튜버이자 의사인 그들은 연출된 병원 장면을 보며, 일반 시청자라면 잘 알아차리기 힘든 세세한 부분을 현실적으로 들춰내 웃음을 자아냈다. 그들처럼 나 또한 내 직업을 소재로 한 작품을 볼 때, 감상을 넘어 감사라도 나온 듯 장면 하나하나를 유심히 살펴보게 된다.

다음 리뷰는 영화의 작품적 해석이 아닌 오로지 사서라는 지극히 개인적인 관점에서 나온 사서의, 사서에 의한, 사서에 대한 해석이다. 이 책을 읽고 영화가 궁금해져 찾아보실 분들을 위해 스포일러는 최대한 배제하려고 했으나 비밀스럽게 비치는 도서관의 장소적 특성상 암시를 내포하게 된 점은 미리 양해를 구한다.

## 도서관은 계획이 다 있구나

2014년 1월 9일, 갓 대학교 1학년 과정을 마치고 겨울방학을 맞아 같은 문헌정보학과 친구와 영화관을 찾았다. 갑작스레 잡은 약속이라 어떤 영화인지도 모르고 바로 관람했는데, 첫 장면부터 주인공이 사서로 등장해 친구와 동시에 눈이 휘둥그레지며 마주 봤던 기억이 난다. 영화 〈플랜맨〉(2013)이 끝나고 친구가 말했다.

"야, 저거 딱 성별만 바꾸면 미래의 너 아니냐?"

모든 일에 초 단위로 계획을 세우는 결벽증 사서 정석은 짝사랑하는 여자에게 강박증을 이유로 거절당한다. 이후 정석은 난생처음 무계획적인 삶을 결심하고, 그녀의 후배 소정에게 도움을 받기로 한다. 자유분방한 소정 덕분에 그의 인생은 한순간에 뒤집히고 급기야 인생 최초로 회사에 지각까지 한다. 하지만 웬일인지 정석의 주변인들은 환호성을 보낸다.

영화 속 사서에게는 결벽증과 강박증에 해당하는 모든 증세가 나타난다. 정확히 8시 42분에 횡단보도를 건너 출근하고, 항상 위생장갑과 앞치마를 착용한 상태로 근무하며, 책에 바코드 라벨을 붙일 때도 핀셋과 자로 각을 맞춰 정교하게 작업한다. 점심시간에는 다른 직원들과 함께 식사하지 않고 매일 같은 시각에 혼자 편의점에 간다. 물론 그는 편의점 삼각김밥까지 일렬로 정리한다.

주인공은 또한 완벽한 자료조사와 놀라운 기록 관리 능력의 소유자로, 자신이 근무한 지 8년하고도 7개월 26일 13시간 26분 19초, 20초, 21초…가 되어간다는 사실을 세는 것도 모자라, 회의시간에 자신이 맡은 신간도서와 기증도서의 수를 보지 않고 브리핑하며, 짝사랑하는 그녀와 그날 무슨 대화를 몇 분 몇 초 동안 했는지까지 공책에 모두 정리한다.

영화 속 사서는 이렇게 말한다.

"예, 하는 일은 대출·반납·도서 관리, 도서관에서 하는 그런 일반적인 업무를 하고요. 뭐 코드 정보를 입력하고, 넘버링 하는 작업은 손이 좀 많이 가는 작업 중 하나입니다. 이게 좀 정교해야 돼가지고. 무엇보다 적성에 잘 맞는 것 같아요. 네, 저는 제가 하는 일을 사랑합니다."

나 또한 정석처럼 실제로 책을 정리하고 관리하는 업무에 흥미를 느낀다. 심지어 그처럼 흐트러져 있는 것을 보면 장소를 가리지 않고 배열하는 증세도 가지고 있다. 실연 후 정석은 병원에 다니며 증세를 해결하려고 노력하지만, 나는 여전히 이 강박증이 고맙다. 이러한 버릇이야말로 지금의 내가 사서가 될 수 있게 해준 발단일 뿐더러 일을 즐길 수 있는 최적의 공포증을 선사받은 것이기 때문이다.

이처럼 강박증이 있지만 자기 일을 사랑하는 플랜맨이 있는 도서관이라면, 이곳을 방문하는 이용자들은 그야말로 쾌적한 환경 속에서 완벽히 계획된 서비스를 받을 수 있다. 그러니 도서관에서 열심히 열을 맞춰 책 정리하는 사서를 본다면 '아, 도서관은 다 계획이 있구나'라고 생각하며, 준비된 '플랜맨'의 완벽한 도서관 서비스를 마음껏 누리셨으면 한다.

## 봄날의 낙서를 좋아하세요?

김민아, 네가 ㅇㅇ초 차현준을 만나도 나는 너를 계속 사랑해.
끝까지 기다릴게, 이걸 보면 꼭 돌아와줘.

아직도 기억에 남는 책 낙서 중 하나다. 이 삐뚤빼뚤한 필체의 메시지를 보고, 도서관 책으로 자신의 마음을 위로했을 어린 친구가 무척이나 귀여웠지만, 한편으로는 이 시련을 잘 극복해 도서관 책에 낙서는 하지 않는 어른으로 올곧게 성장했으면 하는 마음도 들었다.

영화 〈봄날의 곰을 좋아하세요?〉(2003)는 바로 낙서와 사랑에 관한 이야기다.

현채는 아버지의 부탁으로 도서관에서 빌린 화집을 펼쳐보다 낙서를 발견한다. '당신은 겨울잠에서 깨어난 귀여운 곰같이 사랑스럽답니다.' 우연히 발견한 글이 자신을 향한 메시지는 아닐까 궁금해진 현채는 메시지를 쓴 사람의 정체를 알아내고자 그의 권유대로 계속해서 책을 빌린다. 그렇게 현채는 얼굴도 모르는 미지의 남자를 사랑하게 된다.

극 중 현채는 운명의 남자를 추적하다가 그 남자가 혹시 도서관 사서는 아닐까 착각한다. 조심스럽게 현채가 책 속 낙서에 관해 묻자, 사서는 다음과 같이 말한다.

> "도서관 책에 낙서를요? 누굽니까? 그런 몰상식한 짓을 하는 사람이! 도서관의 책은요. 공공재산이에요. 공공재산! 아니 어떻게 책에다 낙서를 해요?!"

데이트 도중 대뜸 정색하며 화를 내는 사서가 진지하고 까다로워 보일 수도 있지만, 같은 사서의 관점에서는 충분히 공감이 갔다. 연필도 아닌 펜으로, 한 권도 아닌 여러 권에, 그것도 고가의 화집에 낙서하다니 말이다. 사서가 보면 충분히 분노가 차오를 만한 상황이다.

실제로 도서관 책의 낙서는 사서와 공공 근로 선생님들이 직접 지운다. 그나마 연필로 쓴 낙서는 손에 쥐가 나도록 일일이 지우개질을 해서라도 지울 수 있지만, 볼펜과 형광펜으로 온통 도배된 낙서는 어찌할 도리가 없다. 내용을 알아볼 수 없을 정도로 훼손이 심한 경우 파손도서로 처리하는데, 이렇게 구민들의 소중한 세금으로 구입한 공공재가 누군가의 낙서로 인해 사라지게 된다. 분노를 삭이며 영화를 보던 중 나는 그 낙서에서 하나의 오류를 발견했다.

다음 책은 청구기호 R / 749.61 / E2579 고야의 화집 16p.입니다.
가끔, 이 그림을 보며 잠든 당신의 모습을 상상합니다.

미지의 남자는 다음 책의 청구기호가 R로 시작한다고 했다. 여기서 R이란 참고도서 별치기호를 말한다. '참고도서'란 관내에서만 열람·대출이 가능한 특정 도서들을 뜻하고, '별치기호'란 이러한 참고도서가 비치된 별치서가 기호를 뜻한다. 하지만 사서는 주인공이 화집을 찾지 못하자 직접 데스크로 가져다준 후 관외로 대출 처리해 준다.

여기서 한 가지 더 짚고 넘어가자면, 대부분 공공도서관에는 전공자가 이용할 법한 고가의 서적은 많이 소장되어 있지 않다. 이용자가 구입을 희망하더라도 예산상의 문제나 낮은 이용률 등에 부딪혀 구입 승인이 어렵기 때문이다.

영화를 보며 두꺼운 화집으로 가득 찰 만큼 커다란 서가가 있는 도서관은 과연 어디였을까 궁금해 제작노트를 살펴보니, 실제 촬영지는 공공도서관이 아닌 대학도서관이었다. 그 제작노트에 담긴 스태프들의 노고는 영화 속 오류도 모두 용서될 만큼 대단하다고 느껴졌다.

서가가 갈색 나무 재질이어서는 안 된다는 미술팀, 광량이 풍부해야 하니 창문이 많아야 한다는 조명팀, 카메라 앵글이 자유로우면서도 서가가 많아야 한다는 감독의 요구사항으로 연출팀은 전국의 모든 대학도서관과 공공도서관을 샅샅이 뒤졌다고 한다.

우리 대치도서관은 위 요구사항에 모두 해당하지 않지만, 한 가지 자신 있는 점은 새롭게 가구를 교체한 열람실이다. 개방하면 금세 낙서로 도배되리라는 우려에도 도서관의 미관을 위해 관장님은 흰색 책상을 선택하셨다. 그러니 부디 낙서하고 싶은 욕구가 손끝까지 차올라도 우리의 소중한 세금과 아름다운 도서관을 위해 꼭 참아주셨으면 한다.

## 너희 그거 훔친 거 맞아

영화 〈초인〉(2015)은 잘 알려지지 않은 독립영화이지만 영화 전반에 고전문학의 문장들이 녹아 있어, 책과 도서관을 사랑하는 사람에게 꼭 추천하고 싶은 작품이다.

학교에서 말썽을 부려 도서관에서 사회봉사를 하게 된 체조 선수 도현은, 그곳에서 매일 책을 빌리는 수현을 만난다. 수현의 권유로 태어나 처음 책도 읽고, 둘은 점점 가까워진다. 이후 어렵게만 느껴졌던 인생을 각자 그리고 함께 나아간다.

잔잔하게 몰입해서 본 작품이지만, 역시나 도서관이 나오는 장면에서는 오류를 찾기 바빴다. 극 중 수현은 공공도서관에는 시집이 많이 없다며 도현과 함께 대학도서관을 방문한다.

도현 : 뭐해?
수현 : 반납하는 건데?
도현 : 아이~ 책을 빌리셨으면 앞에다 반납하셔야죠.
　　　여기다 바로 꽂으시면 어떡하십니까.
수현 : 대학교 도서관이잖아.
도현 : 근데?
수현 : 여기 학생증 없으면 책 못 빌려.

위 대화 중 수현이 책을 반납하는 장면은 본인이 이전에 서가에 붙여둔 책 바코드를 다시 원래대로 붙이는 모습이다. 가장 이해할 수 없는 장면이었다.

대부분 대학도서관 책에는 RFID가 부착되어 있기 때문이다. RFID란 반도체 칩이 내장되어 있는 태그로 무선주파수를 통해 비접촉으로도 도서를 식별하는 기술을 말한다. 따라서 바코드를 떼어내도 책이 출입구를 통과하는 순간 경고음이 울리기 때문에 애초에 바코드를 떼어내는 건 무의미하다. 누군가 이 영화를 보고 도서관 책을 훔칠 때 바코드만 떼어내 붙잡히는 불상사가 부디 일어나지 않기를 바랐다.

사서 : 저기요, 잠깐만! 너희들 고등학생이지?

수현 : 저 학교 안 다니는데요. 검정고시예요.

사서 : 잠깐 나 좀 보자.

도현 : 야! 뛰어! 뛰어!

이상했다. 사서는 사무실에서 근무하던 중 갑자기 그 앞을 걷고 있는 도현과 수현을 불러 세운다. 물론 대학도서관마다 규정은 다르지만, 주인공들이 방문했던 경희대 도서관의 경우 신분증 제시 후 출입 대장만 작성하면 외부인도 출입이 가능한 곳이다. 그러니 사실상 이용자가 미성년자 같다는 이유만으로 출입구도 아닌 자료실에서 사서가 이용자를 검사할 명분은 없다.

결국 이들은 사서와 도서관에서 추격전을 벌인다. 서가 사이에 숨고, 검색대를 이용 중인 척 위장도 하고, 심지어 체조 선수인 도현은 이동 중인 북트럭을 뛰어넘기도 한다. 그 틈을 이용해 책 반출에 성공한 수현은 말한다.

"건강한 정신은 건강한 몸에서 나온다는 거 알아? 야, 우리 이거 훔친 거 아니야. 빌린 거잖아. 대여 기간만 잘 지키면 돼."

정말이지 할 말을 잃게 만든 장면이었지만, 청춘영화에서는 꽤나 멋있는 대사로 통하나 보다 싶었다. 이러한 총체적 난국에도 영화가 주는 메시지는 분명했다. 둘은 도서관이라는 공간을 통해 책을 매개로 이어졌으며, 그 안에서 해답이 아닌 위로를 얻고, 각자의 삶을 자신만의 방식으로 같이 나아간다. 이 따뜻한 영화의 제목은 극 중 등장하는 책 〈차라투스트라는 이렇게 말했다〉의 한 구절에서 따왔다.

새로운 것을 창조하는, 초인이 돼라.

이는 특정한 누군가가 아닌, 삶을 사랑하고 창조하는 사람이라면 모두 '초인'이 될 수 있다는 말이다. 처음엔 도서관에서 피어나는 풋

풋한 사랑 영화로만 생각했지만, 그 안엔 책과 인생에 대한 진정한 낭만이 그려져 있었다. 이 순수한 영화를 보고 도서관에 방문해 책을 펼치는 모든 분이 초인이 되길 바라본다.

## 너의 분실을 막고 싶어

"너처럼 주인공이 학교 다닐 때 도서부 했다가 사서가 된 영화가 있더라."

재개봉 영화를 보고 온 친구가 말했다. 친구가 추천해준 〈너의 췌장을 먹고 싶어〉(2017)는 2015년에 발간된 소설을 원작으로, 2017년엔 만화책과 실사영화가 제작되었고, 2018년엔 애니메이션 영화가 나왔다. 이렇게 해가 지나도 사람들이 이 작품을 찾는 이유는 아마도 도서관만의 아날로그 감성이 작품에 잘 담겼기 때문인 것 같다.

하루키는 학창 시절 자신이 도서위원으로 일했던 모교의 국어교사다. 사서 자격증이 있다는 이유로 노후화된 도서관의 장서 정리를 맡게 된 그는 도서위원 학생들과 함께 책을 정리해나가며, 어릴 적 같은 도서위원이었던 사쿠라의 추억을 떠올린다.

사쿠라 : 재미있을 것 같아서 도서위원 한 거야.

하루키 : 이게 뭐냐? 분류 번호가 엉망이잖아. 분류표 제대로 봐.

사쿠라 : 조금 틀리면 어때. 열심히 찾다가 발견하면 더 기쁘잖아.
보물찾기처럼.

경악할 만한 대사였다. 그 보물찾기는 우리가 매일 하는 놀이였기 때문이다. 출근하자마자 구석구석 책이 숨겨진 곳을 탐색하다 보면 한겨울에도 아침부터 땀이 맺힌다. 온 서가를 겨우 다 뒤지고서야 책을 찾으면 다행이지만, 그렇게 해서도 찾지 못하면 결국 분실처리를 해야 한다.

물론 정말로 책이 분실됐는지는 보물을 숨긴 사람만이 알 수 있다. 도서관에 실제 있는 책이지만 다른 곳에 꽂혀 찾지 못하거나, 이용자가 반납함에 넣었다고 하지만 발견되지 않는 책 또한 모두 분실처리 대상이다. 이런 책들은 매번 재구입하기도 어려울뿐더러, 사서가 분실처리를 하지 않으면 계속해서 책을 찾는 사람이 생겨 이용에 불편을 겪기 마련이다. 안타깝지만 분실처리는 사서와 이용자 모두를 위한 일이다.

그러니 이용한 책을 제자리에 꽂기 어렵거나 귀찮은 분들은 그저 북트럭에 살포시 올려놔주기만 하면 된다. 이 간단한 행동만으로 모두가 고통받는 보물찾기를 막을 수 있다.

사쿠라 : 질려 버렸단 말이야.
　　　　십진법도 모르겠고 소수점 이하까지 분류해야 해?
하루키 : 책이 미아가 되면 불쌍하잖아.
사쿠라 : 책은 분명히 보물찾기하듯 찾아주는 걸 더 기뻐할 거야.

사쿠라는 세상을 떠나기 전 하루키에게 보물찾기 임무를 남긴다. 심지어 미아가 된 책은 도서관 책도 아닌 사쿠라의 개인 책이었다. 그녀의 바람대로 마침내 책은 찾았지만, 때는 이미 12년이 지난 후였다. 그동안 책을 찾을 수 없었던 가장 큰 이유는 단연 책을 보존서고에 숨겼기 때문이다. 보존서고는 말 그대로 책을 보존하는 서고로, 일반 이용자들은 들어올 수 없는 공간인 데다 직원들도 장서점검을 하지 않는 이상 보존서고의 책들을 정배열하는 일은 자주 없다. 적어도 그곳이 몇 년간 물건을 숨겨놓기에 최적의 장소인 것만은 확실하다.

이 골치 아픈 개인 책은 현재 우리 도서관에 보관 중인 것만 해도 차고 넘친다. 도서관 책과 개인 책을 실수로 함께 반납함에 넣거나, 개인 책을 읽고 도서관에 놓고 가는 경우 먼저 연락이 오지 않는 이상 주인을 찾아주기란 쉽지 않다. 해당 책이나 같은 시리즈를 대출했던 이력을 살펴보아 이용자에게 연락해보는 것 외에는 달리 방법이 없기 때문이다. 그렇다고 이용자의 개인 책을 버릴 수도, 도서관 책으로 등록할 수도, 책을 찾아가라고 전시해놓을 수도 없기에 그렇게 미아가 된 책들은 주인의 보물찾기가 끝나면서 점점 기억에서 잊힌다.

결국 보물을 찾은 주인공처럼 나도 종종 책 사이에서 무언가를 발견할 때가 있는데 그 종류는 정말 다양하다. 대부분이 책갈피나 포스트잇이지만 그중에 영수증, 병원 진단서, 유인물, 스티커 사진, 상품권, 돈, 낙엽, 휴지, 벌레 등등…. 이 물건들은 이전 대출자, 그 전전 대출자, 전전전 대출자한테까지 연락해도 주인을 찾지 못할 경우, 도서관의 분실물 보관함으로 들어간다. 그러니 영화처럼 로맨틱하게 언젠가 닿을 마음을 책 사이에 숨겨놓았다면, 지금이라도 먼저 도서관 분실물 보관함을 찾아보길 권해드린다.

## 제가 왜 거짓말을 하겠어요

프로그램 기획이나 공모전 준비 등 직원회의가 필요할 때면 자료실 운영이 끝난 뒤 도서관에 남아 근무할 때가 있다. 영화 〈그 남자의 책 198쪽〉(2008)에서도 사서가 야근하는 장면을 볼 수 있다.

준오는 옛 애인이 남긴 단서를 찾고자 매일 도서관에 방문해 모든 책의 198쪽을 펼쳐본다. 실연 후, 삶이 공허하게 느껴진 사서 은수는 그런 준오를 발견하고, 그 남자의 사연이 궁금해 함께 198쪽의 비밀을 찾기로 한다.

영화 속 사서는 무려 담당 업무도 아닌 이용자가 찾는 자료를 같이 찾아주기 위해 철야 근무를 한다. 도서관 책상 위에 누워 잠을 청하고, 심지어 아침에 이용자와 함께 순대국밥에 반주까지 곁들인다. 믿을 수 없는 장면의 연속이었다.

은수 : 둘이 사귄 거 맞아요? 아니 어떻게 어디 사는지를 몰라?

준오 : 어디 사는지는 알죠. 원래 집은 춘천이고, 이 근처에서 자취하면서 왔다 갔다 했거든요. 근데 한 번도 가본 적은 없어요. 늘 집 근처에서만 헤어져서….

은수 : 좋아요. 그럼 이렇게 해요.

준오 : 어떻게요?

은수 : 진짜 이러면 안 되는데….

예상대로 은수는 도서관 시스템에 등록된 옛 연인의 주소를 준오에게 알려준다. 이제 은수는 해고당해도 할 말이 없다. 지금처럼 개인정보보호법이 강화된 시점에서는 절대 일어날 수도 없는 일이며, 영화에서도 물론 사서는 그러면 안 된다는 것을 잘 알고 있다. 심지어 주소대로 찾아가지만 옛 연인은 이미 이사한 후였고, 이에 은수는 장기연체자 주소지 변경 확인을 위해 이용자의 주민등록번호로 현재 주소지를 알아낸다. 결국 은수는 그 안에 숨겨진 보물을 준오에게 찾아다 주지만, 이 아름다운 영화를 보는 내내 사서로서는 찜찜함을 감출 수 없었다.

이 개인정보보호법은 해가 거듭될수록 더욱 강화되는데, 실제 이 법의 강화로 인해 많은 이용자가 불편함을 호소한다. 회원가입이나 로그인 재인증, 대리 대출 등에서 이전과는 방식이 달라져 매우 번거로워졌기 때문이다. 하지만 위와 같이 자신의 주소나 주민등록번호가 여기저기 돌아다닌다면 정말이지 끔찍하지 않은가? "예전에는 그냥 해줬는데"라는 말보다 이제는 자신의 소중한 개인정보를 위해 조금의 불편함을 감수할 때가 왔다.

이런 개인정보는 가족 간에도 철저하다. 도서관 시스템에 가족회원으로 묶여 있지 않으면 서로 다른 가족의 회원증을 사용할 수도 없고, 개인정보 또한 당연히 알려줄 수 없다.

"저희 엄마가 빌려오라고 했어요."

"이거 우리 아들 회원증인데…."

"제가 남편 되는 사람입니다."

아무리 사서에게 애원하듯 말해도 가족관계를 증명할 자료가 없으면 사실상 이는 도용이나 마찬가지인 셈이다. 그리고 이 상황으로 인해 발생하는 불상사는 사서의 몫이다. 종종 빌린 적 없는 책의 연체 문자가 날아왔다는 다급한 목소리의 전화가 걸려온다.

"아니, 도대체 제가 빌렸으면 그냥 빌렸다고 하지. 왜 거짓말을 하겠어요."

"네, 이용자님, 저희가 다시 한번 확인해보고 바로 연락드리겠습니다."

통화를 끊고 황급히 다른 선생님들까지 동원해 서가를 샅샅이 뒤진다. 혹시 실수로 대출 처리를 하진 않았는지 반복해가며 시스템을 확인하던 중 다시 전화벨이 울렸다.

"어머, 죄송해요! 저희 애가 빌렸었나 봐요."

입사 후 처음 이런 전화를 받았을 땐 조금 황당하기도 하고 허탈했다. 하지만 이제는 도서관에서 이런 상황이 너무도 빈번히 일어나 도리어 문자를 받고 당황했을 이용자의 입장을 먼저 헤아리기도 한다. 이렇게 가족도 모르는 정보를 관리하는 사서라는 직업은 정말이지 굳건한 사명감 없이는 안 될 것 같다.

## 현대판 분서갱유

**도서관의 자유에 관한 선언**

1. 도서관은 자료 수집의 자유를 갖는다.
2. 도서관은 자료 제공의 자유를 갖는다.
3. 도서관은 이용자의 비밀을 지킨다.
4. 도서관은 모든 부당한 검열에 반대한다.

도서관의 자유가 침해됐을 때, 우린 단결해서 끝까지 자유를 지킨다.
우리는 책을 지키고 사람들의 자유를 지킨다.
책을 불태우는 나라는 언젠가 사람도 태운다.

위 '도서관의 자유에 관한 선언'은 일본도서관협회가 공표한 선언문으로, 영화 〈도서관 전쟁〉(2013)이 시작할 때 나오는 장면이다. 이는 도서관인의 강한 연대와 책임을 보여준다.

일본에서 미디어 검열을 강화하는 미디어 양화법이 시행된 지 30년, 고등학생이던 카사하라는 미디어 양화대에게 책을 빼앗길 위기에 처해 도서대원의 도움을 받는다. 이후 카사하라는 동경하던 도서대에 들어가지만 사사건건 충돌을 일으킨다. 그러던 어느 날, 뛰어난 엘리트들만 선발된다는 도서특수부대에 배치되고, 기밀 자료를 없애려는 양화대와 진실을 지키기 위한 전쟁에 뛰어든다.

'미디어 양화법'이란 국민에게 악영향을 끼치는 미디어를 순화시켜 보급하기 위해 검열을 보장하는 법으로, 일본에 실존하는 법이 아닌 영화 속에 존재하는 법이다. 여기서 영화의 시대적 배경은 2019년이고, 장르는 판타지다.

하지만 2019년이 지난 현재, 정말 이 내용이 판타지이기만 할까? 오늘날에도 여전히 우리는 금서를 조장하는 국가기관의 판단하에 특정 책을 회수당하고 읽을 권리를 침해받고 있다. 도서 검열이 결코 영화 속 이야기만은 아니라는 것이다.

영화 속 양화대는 양화법에 저촉되는 출판물, 영상물 등을 닥치는 대로 압수해 통제한다. 검열에 저항하는 도서관은 불시에 침입해 이용자와 직원들을 향해 총기를 휘두르고 서가에 불을 지른다. 반발에 대한 본때를 보여준다. 이처럼 도서관에서 무기 사용이 법적으로 용인되는 말도 안 되는 상황은 국민의 정치적 무관심이 초래한 결과였다. 검열이 일상이 되어버린 세상이라니 생각만 해도 끔찍하지 않은가?

만화를 원작으로 한 영화여서인지 처음엔 그 세계관이 다소 작위적이라고만 생각했다. 하지만 그 안에 담긴 영화가 던지는 메시지는 결코 가볍지 않았다. 현시대 우리가 너무도 당연하다고 느끼는 사상과 표현의 자유를 잃는 것은 한순간이지만 그것을 되찾는 데는 수많은 전쟁과 희생을 감내해야 한다는 사실을 말이다.

사서 정윤정

## 영화 속 도서관은 어디일까?

〈플랜맨〉

성균관대학교 자연과학캠퍼스 삼성학술정보관

인천광역시교육청 계양도서관, 강서영어도서관

〈봄날의 곰을 좋아하세요?〉

신라대학교 도서관

〈초인〉

서울특별시교육청 서대문도서관, 정독도서관,

경희대학교 중앙도서관

〈너의 췌장을 먹고 싶어〉

(구) 토요사토초등학교 도서관 / (현) 수덕기념관

사가대학 경영학부 강당

〈그 남자의 책 198쪽〉

부산광역시립 시민도서관, 서울특별시교육청 정독도서관

〈도서관 전쟁〉

기타큐슈시립 중앙도서관, 미토시립 서부도서관

# 낯선 여행지에서 찾은 도서관

## 해외도서관 탐방을 떠나다

대학교 2학년, 어느덧 대학 생활에 익숙해지자 무료해졌다. 창문을 열어 강의실 안으로 바람이 솔솔 들어온다. 교수님의 나긋나긋한 목소리는 점점 희미해졌다. 무거운 눈꺼풀을 간신히 들어 올려 주위를 둘러보자 이미 동기들은 머리를 까딱거리며 졸고 있었다. 그때 교수님의 목소리가 들렸다.

"이번 겨울방학에 해외도서관 탐방 가니까 관심 있으면 신청하세요."

귀에 '해외도서관 탐방'이란 말이 확 꽂혔다. 황급히 옆자리 친한 동기를 툭툭 쳐 깨웠다.

"야, 우리 저거 신청하자."

"뭔데?(뭐야, 왜 깨워, 별거 아니기만 해봐….)"

"해외여행 보내준대!"

2015년 2월 미국 로스앤젤레스에서 도서관을 돌아다니며 일주일을 보냈다. 문헌정보학과 교수님과 동기, 선후배들과 함께한 덕분에 때로는 여행자의 느슨한 시선으로 때로는 현미경으로 세포를 관찰하는 학생처럼 꼼꼼히 도서관을 둘러보았다. 돌이켜 생각해보니 친구를 꾀어 도서관 탐방을 하러 간 것은 그해 내가 가장 잘한 일이었다. 탐방을 다녀온 후 여행에 재미를 붙여 중국의 국가도서관, 일본의 다케오도서관을 보러 가는 등 열심히 돌아다니느라 방콕 생활을 청산할 수 있었다. 그리고 낯선 여행지에서 익숙한 책 냄새가 나는 도서관을 방문할 때면 마음이 편안해졌다. 그러면서도 늘 배움과 새로운 자극을 받았다.

여행지에서 도서관을 방문하는 것은 그다지 매력적인 선택지로 보이지 않을 수도 있다. 더구나 도서관이 역사적으로 유명한 건축물이나 인기 있는 드라마 배경장소가 아니라면 말이다. 하지만 촘촘히 계획을 세워 유명한 관광지를 방문했을 때보다 길을 잃고 헤매다가 우연히 발견한 골목길이 나중에 더 기억에 남는 경험, 다들 있지 않은가. 아마 관광지에서 세계 각국에서 온 관광객들에 섞여 있을 때보다 이름 모를 골목길에서 그 나라의 문화와 사람들을 더 잘 알게 되기 때문일 것이다. 만약 이런 경험 때문에 여행을 자꾸 떠나는 분들이라면 한 번쯤 여행지에서 도서관을 방문해보는 것도 좋을 듯하다.

## 전문도서관 더 헌팅턴

더 헌팅턴은 전문도서관이자, 아트 갤러리, 16개의 정원을 보유한 '문화복합공간'이다. 특히 헌팅턴도서관은 연구자들을 위한 전문도서관으로, 11세기에서 21세기에 걸쳐 1,100만 점이 넘는 자료를 소장하고 있다. 더 헌팅턴은 철도사업으로 억만장자가 된 헨리 에드워드 헌팅턴(1850~1927)이 개인 저택을 비영리기관에 기증하면서 대중에 공개되었다.

해외도서관 탐방을 떠나기 전에 로스앤젤레스 도서관들을 검색하면서 제일 기대했던 곳이 더 헌팅턴이었다. 개인 사업가가 자신이 모은 희귀품들과 저택을 기증했다는 사실도 놀랍고, 도서관과 다른 요소들을 결합한 문화복합공간을 어떻게 꾸며놓았을지도 궁금했다. 하지만 안타깝게도 우리는 일반 여행자였기 때문에 도서관의 대다수 자료를 열람할 수는 없었다. 일반 여행자들에게도 열려 있는 전시실에서 〈엘즈미어 초서〉, 〈구텐베르크 성서〉, 잭 런던의 〈하

헌팅턴도서관 전시실 @The Huntington

얀 송곳니〉, 뉴턴의 〈프린키피아〉, 소로의 〈월든〉 등의 초판본을 볼 수 있었다. 헌팅턴은 도서관 안을 깊숙이 들여다볼 수 없어 도서관이라기보다는 박물관에 가까웠다.

아쉬움을 뒤로하고 도서관을 빠져나왔다. 그러나 도서관만을 목적으로 온 것이 아니라면 더 헌팅턴에는 즐길 거리가 많다. 19세기 대부호의 저택에 전시된 다양한 미술작품들과 여러 가지 주제로 꾸며진 정원을 둘러보고 나면 어느새 마감 시간이 된다.

- Information

주소 : 1151 Oxford Road San Marino, CA 91108

전화 : 1-626-405-2100

홈페이지 : http://www.huntington.org

• **소소한 팁**

더 헌팅턴은 매우 크고 볼 것도 많아서 걷다가 지칠 수도 있다. 정원을 돌아다니다 보면 간단한 식사를 하며 쉴 수 있는 곳이 있는데, 중국 정원에서 식사하는 것은 권하지 않는다. 짜장면도 아니고 소바도 아닌 특이한 국수를 파는데 맛도 없고 비싸다.

## 한국학도서관이 있는 USC 대학의 도헤니도서관

서던 캘리포니아(USC) 주립대학에는 도헤니도서관을 포함해 20여 개 도서관이 있다. 우리는 메인 도서관인 도헤니도서관 정문 앞에서

동아시아도서관 @USC Libraries

USC 한국학도서관 큐레이터 조이 김을 만났다. 그의 안내를 따라 도헤니도서관 1층에 있는 동아시아도서관으로 갔다. 큐레이터 조이 김과 나와 함께 한국에서 온 인턴 두 명과 차를 마시며 이야기를 나누었다.

조이 김이 말하길, 그가 처음 USC 대학에서 한국학 사서로 일하기 시작했던 1985년에는 한국학 서적이 1,000여 권도 되지 않았다고 한다. LA 한인 커뮤니티에서 USC 대학에 한국학 연구소를 만들자고 제안했지만 이루어지지 않았다. 하지만 동아시아도서관 관장의 지원 덕분에 한국학도서관이 만들어졌고, 현재 USC 동아시아도서관(한국, 중국, 일본 등 3개 도서관으로 구분)에서 한국학도서관이 전체 50%를 차지한다. 참고로 한국학 연구소는 1995년에 생겼는데, USC 캠퍼스 내에 위치한 도산 안창호 하우스를 연구실로 사용하고 있다.

그의 목소리에서 USC 한국학도서관에 대한 자부심이 묻어났다. 주 이용자들은 한국학을 공부하는 학생이나 한국인 유학생들이지만 한류의 인기가 올라가면서 다른 나라 학생들도 한국학도서관을 찾고 있다고 한다. 단행본뿐만 아니라 동해를 'Sea of Korea'로 표기한 지도 컬렉션, 인터뷰 등 구술자료 등 다양한 자료들이 있다.

도산 안창호 하우스 @USC Dornsife

• Information

주소 : 3550 Trousdale Parkway University Park Campus Los Angeles CA 90089-0185

전화 : (Circulation Desk) 1-213-740-2924

(Reference Desk) 1-213-740-4039

홈페이지 : https://libraries.usc.edu

주의사항 : 방문객은 입구에서 여권 등 신분증 확인 절차를 거친 후 입장 가능

• 소소한 팁

도헤니도서관에서는 매번 새로운 특별전을 전시한다. 우리가 갔

을 때는 'What makes a Monster'라는 꽤 으스스한 몬스터 전시회를 열고 있었다. 사서들이 도서관 소장자료를 활용해서 기획하는데, 주제가 재밌고 볼거리도 많아 USC를 방문한다면 꼭 보기를 바란다.

## 로스앤젤레스 시립중앙도서관

1986년 4월 29일 아침, 한 공공도서관에서 화재경보가 울렸다. 오래된 건물이라 가짜 화재경보일 때가 많아서 이용자와 직원 400명은 그날도 느릿느릿 도서관 밖으로 나갔다. 하지만 화재는 진짜였다. 소설 서가에서 시작된 불길은 빠르게 번져 도서 40만 권이 순식간에 잿더미가 되었고, 70만 권이 훼손되었다. 도서관 사서들은 진입 허가가 떨어지자마자 건물 속으로 뛰어 들어가 타거나 젖지 않은 책들을 옮기기 시작했고, 뒤이어 자원봉사자 2천 명이 도서관 복원 작업을 도왔다(수전 올리언의 〈도서관의 삶, 책들의 운명〉 참고).

바로 로스앤젤레스 중앙도서관의 이야기다. 중앙도서관에서 근무하는 이영실 시니어 사서에게 화재사건에 대해 듣고 깜짝 놀랐다. 새삼스레 도서관 곳곳을 유심히 살펴봤는데 당연히 지금은 화재의

로스앤젤레스 중앙도서관 @로스앤젤레스 공공도서관

흔적을 찾아볼 수 없었다.

'모두 도서관을 사랑하는 시민들이 한마음 한뜻으로 자원봉사를 하고 복원 기금을 모아준 덕분'이었다. 중앙도서관은 미국에 있는 도서관 중에서 세 번째로 규모가 크다. 또한 72개 분관을 운영하며 세계에서 가장 큰 공공도서관 시스템 중 하나다.

로스앤젤레스 공공도서관의 최대 관심사는 무엇일까? 이영실 시니어 사서는 '도서관의 위기'를 극복하는 것이라고 대답했다.

"다양한 미디어가 등장하면서 미국의 독서인구도 감소했어요. 게다가 경제 불황 때문에 미국 전역에서 도서관 예산이 대폭 삭감되기도 했습니다. 미국 도서관들은 '도서관의 위기'를 극복하기 위해서 다양한 노력을 하고 있어요. 그리고 저희끼리는 나름대로 성공적으로 이겨냈다고 봅니다."

그 방법은 다름 아닌 '로스앤젤레스'라는 도시의 문화적 특성에 집중하는 것이었다.

"미국, 특히 로스앤젤레스는 다양한 인종과 민족이 어울려 살아가는 곳입니다. 따라서 도서관은 이민자들이 영어를 익히고 미국 문화에 적응할 수 있도록 노력하고 있습니다. 다양한 언어권의 서적을 들여놓고, 생애 주기별 리터러시 수업을 진행합니다."

설명을 들은 후 지상 4층, 지하 4층 총 8층짜리 중앙도서관을 둘러보았다. 피라미드 형태의 지붕과 이집트 느낌이 나는 문양이 아름다웠다. 벽에는 로스앤젤레스의 역사와 상징물들이 그려져 있었다. 그리고 도서관 자료실에는 한국어를 포함한 다양한 언어의 서적들이 있었고, 시민들의 리터러시 교육 프로그램 홍보물이 곳곳에 붙어 있었다.

• Information

주소 : 630 W. 5th Street Los Angeles, CA 90071

전화 : 1-213-228-7000

홈페이지 : https://www.lapl.org

• **소소한 팁**

1. 도서관을 방문하기 전 수전 올리언의 〈도서관의 삶, 책들의 운명〉(2019)을 읽고 가는 것은 어떨까? 도서관 화재를 추적하는 사고 여행기이자 일반 이용자들은 알지 못했던 도서관의 여러 가지 일들을 알려준다.

2. 중앙도서관에는 기념품점이 있다. 중앙도서관을 형상화한 작은 배지, 도서관 풍경을 그려낸 엽서 등을 구매하면 도서관 기금으로 사용된다고 하니, 나가기 전에 한 번 구경해보는 것도 좋다.

화재 전 벽화가 남아 있는 로비 천장

## 그 밖의 방문할 만한 공공도서관들

앞서 소개한 세 곳은 로스앤젤레스로 여행을 간다면 꼭 가봐야 할 대표적인 도서관들이다. 반면 여기서 소개할 공공도서관들은 상대적으로 규모가 작아 단지 이 도서관을 보기 위해 동네를 방문한다면 실망할지도 모른다. 하지만 도서관의 비전과 사서의 열정만큼은 앞에서 소개한 도서관들에 견주어도 뒤지지 않으니, 근처를 방문할 계획이 있다면 한번 둘러보고 가시면 좋겠다.

### 오렌지 공공도서관

오렌지 공공도서관은 원래 탐방 계획에 있던 곳이 아니었다. 원래 방문하려던 도서관을 찾아 고속도로를 한참 헤매다가 우연히 들른 동네에서 발견했다. 평온한 동네 분위기를 닮은 작은 도서관에 이끌려 안으로 들어가자, 하얗게 센 머리카락을 곱게 빗어넘기고 안내 데스크에 앉아 있던 할머니가 우리를 반겼다.

할머니에게 도서관 안내를 부탁하자 잠시 뒤 자신을 커트 키슬링이라고 소개한 사서가 다가왔다. 그의 안내를 따라 도서관을 구경하다가 한 가족이 반납함에 도시를 밀어 넣는 모습이 눈에 띄었다.

바로 '자동자료반납기'였다. 자동자료반납기는 이용자들이 반납함에 도서를 넣으면 기계가 도서에 내장된 RFID를 통해 도서를 주제별로 분류하고, 분류된 도서는 컨베이어 벨트를 통해 각 자료실로 이동한다. 기계가 도서를 반납, 분류해서 자료실에 가져다주면 자원봉사자들이 도서를 서가에 꽂는다.

우리나라 도서관에서는 이런 방식의 반납 시스템을 본 적이 없었다. "그럼 사서는 무슨 일을 하죠?" 우리 중 누군가가 물었다.

커트가 대답했다. "대출이나 반납, 서가 비치 같은 단순한 일들은 사서가 굳이 할 필요 없어요. 우리는 도서관의 시스템을 만들어야죠. 책을 파악하고, 분류하고, 목록 작업을 하는 건 다른 사람이 대체할 수 없는 우리 일이잖아요."

함께 간 우리 과 교수님이 말했다. "오히려 우리나라에서는 목록 작업을 외주로 맡기는 경우가 많아요." 그러자 커트가 충격받은 얼굴로 되물었다. "그럼 한국 사서들은 무슨 일을 해요?"

열정적인 사서 덕분일까? 오렌지 공공도서관은 규모는 작지만 신식 기계를 갖추고, 분위기가 쾌적해 다양한 연령대의 이용자들이 도서관을 드나들고 있었다. 또한 도서관 한쪽에는 동네 역사 자료를 수집, 전시하며 동네의 중심 공간 역할을 톡톡히 하고 있었다.

• Information

주소 : 407 E Chapman Ave, Orange, CA 92866

전화 : 1-714-288-2400

홈페이지 : https://www.cityoforange.org

### 뉴포트 비치 공공도서관

뉴포트만을 따라 산책을 하다 보면 뉴포트 비치 공공도서관이 나온다. 로스앤젤레스에서 웬만한 도서관들을 둘러보며 더 이상 시설로 놀랄 일은 없으리라 생각했는데 웬걸, 시설이 너무 좋았다. 이유를 묻자 팀 헤더톤 관장은 부촌이라 시 예산이 많다며 최근에 새로 만든 미디어실을 자랑했다.

"도서관은 예측 불가능한 미래를 대비하는 데 도움을 줘야 해요. 이용자들이 다양한 형태로 된 자료들을 접할 수 있도록 오디오북, 영화, 전자책 등을 접근성이 좋은 곳에 비치해두었어요. 그리고 사람들이 미디어실을 언제든지 마음껏 이용해 새로운 창작물을 만들 수 있도록 했어요."

• Information

주소 : 1000 Avocado Ave, Newport Beach, CA 92660

전화 : 1-949-717-3800

홈페이지 : https://www.newportbeachlibrary.org

### 세리토스 공공도서관

저녁 늦게 세리토스 공공도서관을 방문했다. 늦은 시간이라 도서관 사서를 만나지는 못했지만, 도서관에 대한 애정이 넘쳐나는 자원봉사자를 만날 수 있었다. 조시는 휠체어를 타고 있었는데, 몸이 불편해도 도서관을 이용하는 데 아무런 문제가 없다며 좋아했다.

세리토스 공공도서관에서 가장 인상적인 것은 아이들을 위한 공간이다. 10대 청소년들을 위한 방에는 대형 터치스크린 모니터들이 잔뜩 있었다. 조별 과제를 하러 여러 그룹의 아이들이 모여도 걱정 없을 만큼 말이다. 그리고 어린이실은 거대한 티라노사우루스 모형과 우주 비행선 등 아이들이 꿈과 상상력을 기를 만한 공간으로 꾸며놓았다.

어떻게 도서관을 이용자 친화적인 공간으로 꾸밀 수 있었을까? 조시가 말해주길, 지금 있는 세리토스 공공도서관은 전 도서관 관장이 동네 주민들로부터 기부금을 받아 새로 지은 건물이라고 한다. 도서관 설계 도면을 그릴 때부터 베테랑 사서들이 참여했기 때문에 버려진 공간 하나 없이 완벽하게 이용자 친화적인 도서관이 탄생할 수 있었다.

- Information

주소 : 18025 Bloomfield Ave, Cerritos, CA 90703

전화 : 1-562-916-1350

홈페이지 : http://cerritoslibrary.us

## 도서관 탐방 그 후

도서관을 돌아다니며 웅장하고 멋진 건물과 최첨단 기술보다 신기하고 부러웠던 것이 있다. 도서관 사서와 자원봉사자들의 이야기를 듣다 보면, 사서와 이용자 사이에 끈끈한 신뢰가 느껴졌다. 사서들에게는 도서관에서 새로운 시도—그것이 서비스든 시설 보수든 간에—를 할 때 이용자들이 우리를 지지해줄 것이라는 믿음이 있었다. 실제로 새로운 시대에 걸맞은 도서관으로 거듭나기 위해 세리토스 도서관이 리모델링을 결정했을 때, 지역 주민들은 기부금을 내면서까지 도서관의 결정을 응원했다.

도서관이 좋아 자원봉사를 하고 있다며 낯선 여행자인 우리를 환

대해준 오렌지 공공도서관의 할머니와 세리토스 공공도서관의 조시, 그리고 그 외에 도서관에서 만난 사람들을 보며 로스앤젤레스 시민들의 도서관에 대한 애정과 관심을 알 수 있었다. 도서관은 항상 그 자리에 있으면서 동네 주민들에게 필요한 서비스를 제공해서 믿음을 줬고, 사람들은 어린 시절부터 도서관을 이용하며 추억을 쌓았을 터다. 그렇게 만들어진 신뢰 덕분에 오늘날 로스앤젤레스의 아름다운 도서관이 존재하는 것이다.

대치도서관은 1999년에 개관했는데 그때부터 지금까지 은마아파트 상가 건물에 세 들어 살고 있다. 그러다 보니 여기저기 낡고 오래되어 불편한 부분이 있었고, 몇 차례 임시 휴관을 하면서 도서관 내부공사를 진행했다. 임시 휴관을 하더라도 도서관 이용자들의 눈높이에 맞게 환경을 개선해야 한다는 것이 관장님의 뜻이었다.

공사업체가 도서관 곳곳을 뜯어내는 동안 모든 사서가 함께 책을 빼고, 새로 들어온 서가를 닦고, 다시 책을 채우고, 청구기호 순대로 정배열했다. 누군가는 새로운 개방형 열람실에 어울리는 전시를 위해 현수막을 만들기도 했다. 모두 정신없이 몸을 움직이며 일하면서도 한편으로 '과연 이용자들이 임시 휴관을 이해해줄까?' 걱정이 되었다.

걱정은 기우일 뿐 재개관한 첫날, 도서관 입구부터 너무 예뻐졌다고 좋아하는 분들이 많았다. 일요일에 주로 방문하는 한 할아버지는 다들 귀한 집안 따님들(?!)인데, 이제야 도서관이 어울리게 바뀌었다며 고생 많았다고 칭찬과 격려를 아끼지 않았다.

도서관에는 정말 다양한 사람들이 오는데, 할아버지 이용자분처럼 가끔 놀랍도록 다정한 사람들이 있다. 로스앤젤레스 도서관 여행에서 무엇을 배웠냐고 한다면 잘 모르겠다. 웅장하고 멋진 건물? 최첨단 기술? 다 좋지만 '초짜' 사서인 내가 당장 할 수 있는 일은 아니다. 하지만 다정한 분들과 따뜻한 말 한마디 주고받을 수 있는 공간을 지키는 것, 여기서부터 시작해보려고 한다.

사서 기한슬

# 2장

# 언콘택트 시대,
# 도서관과
# 세상을 잇다

# 언콘택트 시대, 불안에 대하여

## 도서관 문을 닫다

2020년 2월 5일 갑자기 도서관 휴관 공지가 내려왔다. 많은 회사가 재택근무로 업무를 전환하고, 학교는 겨울방학 개학을 늦췄다.

우리가 살아가던 평범한 일상이 깨졌다. 모든 게 불확실하고 불안했다. 태어나서 처음 겪어보는 광범위한 전염병이 세상을, 일상을 삼켜버릴 듯 기세가 꺾이지 않는 시간이 계속됐다. 우린 모두 당황했고 어떻게 해야 할지 몰라 매일 비상근무를 했다. 1주일이면 끝날 줄 알았던 휴관이 점점 길어지고 이름도 생소한 '사회적 거리두기'라는 정책을 범국가적으로 펼치기 시작했다.

사람들은 점점 예민해지고 우리는 스스로 알아서 눈치를 볼 수 밖에 없었다. 도서관 정책을 관리하는 담당 부서는 부서대로 이용자는 이용자대로 신경이 날카로워져 조금만 잘못하면 칼날에 베일 것처럼 하루하루가 긴장의 연속이었다. 그렇게 3월을 보내던 어느 날 전화 한 통이 걸려왔다. 마침 그 전화를 우연히 내가 받았다. 중년의 남성 회원이 도서관도 휴관하느냐고 물었다.

"네, 도서관도 휴관해요. 코로나19가 도서관이라고 봐줄 거 같지 않아서요."

분위기를 풀어보고자 간도 크게 유머를 섞어 대답했다. 한편으로 혹시나 화를 내면 어쩌나 잠깐 걱정이 되었다. 그런데 이어진 이용자의 말에 너무 공감이 가서 도서관 문을 살짝 열어주고 싶은 마음이 들 정도였다.

"제가요 지금 사회 분위기도 어수선하고 해서 큰맘 먹고 회사에 1주일 휴가를 냈어요."

"아 그랬군요."

"네, 그래서 이번에 그동안 읽고 싶었던 책을 도서관에서 실컷 읽으려고 했어요."

"아이구, 어떡해요. 죄송합니다."

"아닙니다. 상황은 이해해요."

"이해해주셔서 감사합니다."

"이해는 하는데 선생님도 아시죠. 집에서 책을 읽으면 이상하게 집중이 안 되는 거 같아요."

"네, 저희가 최선을 다해 하루라도 빨리 개관할 수 있도록 노력하겠습니다."

전화를 끊고 한참을 생각했다. 도서관은 누군가에게는 휴식이고 또 누군가에게는 위로가 될 수 있는 공간이구나, 우리는 언제나 아침에 문만 열면 만나는 곳이라 소중함을 잠깐 잊고 살았구나. 매일 도서관으로 출근하던 퇴직한 어르신들, 아이들 학교 보내고 자신의 성장을 위해 문화강좌에 참여하던 분들, 학교가 끝나면 도서관으로 달려와서 가방만 책상 위에 올려놓고 친구들이랑 놀기 바쁜 개구쟁이들은 지금 어디서 시간을 보낼까 하는 생각이 들었다.

도서관 휴관은 그렇게 시작해 무려 3개월이 지나고 5월 6일부터 일부만 재개관을 했다. 휴관을 시작할 때는 사회적 위험으로부터 도서관을 격리하는 것이었다면 재개관은 아직도 완전히 극복되지 않은 전염병과 맞서 싸우고, 피하고, 안전을 지켜야 하는 훨씬 큰 숙제를 받은 느낌이었다.

개관을 하려면 먼저 데스크에 투명 아크릴판을 설치해서 이용자와 직원들의 접촉을 피하게 하고 열람실은 의자를 빼서 적당히 간격을 유지해 앉을 수 있도록 해야 했다. 또 도서관 출입문 앞에서 열 체크와 개인정보 기록 후 마스크를 착용한 이용자에 한해 도서관 출입을 허용했다. 도서관이 할 수 있는 최소한의 안전장치를 한 것이다.

그동안 사회적 불안으로부터 힘들고 답답했던 이용자들이 안심하고 이용할 수 있는 공간으로 만드는 것이 우리가 할 가장 중요한 일이었다.

그렇게 부분 개관을 한 도서관은 또다시 5월 30일 휴관을 하고, 6월 24일 다시 부분 개관을 했다. 코로나19로 인해 도서관 운영이 변칙적일 수밖에 없었다. 전염병이 조금 잠잠해진 거 같아서 사회적 거리두기에서 생활 거리두기로 전환하면 다시 확진자가 증가하고, 다시 사회적 거리두기를 해 조금 나아지면 경제활동과 공공기관의 운영을 재개하고, 그러면 다시 전염병이 퍼지는 불안한 상태의 악순환이었다.

## 언콘택트 시대 도서관의 선택, '내일 드립니다'

도서관은 휴관했지만 더 이상 서비스를 중단할 수 없어서 먼저 예약대출 서비스를 실시했다. 하루에 30명 150권의 도서를 하루 전에 신청한 회원에 한해서 도서관 출입문 앞에서 오후 2시에서 5시까지 대출을 해주었다. 말 그대로 오늘 예약을 하면 책을 찾아서 일일이

소독을 한 후 비닐봉지에 밀봉을 해서 내일 대출을 해주는 시스템을 개발한 것이다.

문화 프로그램은 비대면 서비스로 진행했다. SNS 플랫폼을 이용한 생애주기별 독서 프로그램을 사서들이 제작해서 서비스하는 '대치 링크 유(Daechi Link You)'를 운영했고, 강남구립도서관 유튜브를 개설해서 강의 영상을 직접 촬영한 후 편집해서 온라인으로 서비스했다. 대치도서관은 명강의 시리즈를 시작으로 다양한 콘텐츠의 영상을 제작해서 지속적으로 업로드하고 있다.

시대의 어려움을 극복하고자 선택한 언택트 문화 콘텐츠의 개발은 도서관의 새로운 서비스 영역을 구축하는 계기가 되었다. 하지만 사람과 사람이 만나서 직접 소통하고 공감하던 Contact 문화 프로그램에 비해 Untact 서비스는 아직은 진행하는 측이나 참여하는 이용자 모두에게 어느 정도 불편함이 있다. 그 대안으로 온라인과 오프라인의 장점을 살릴 수 있는 디지로그 문화 서비스를 점차 확대하고 있다.

## 초대하지 않은 손님, 코로나19

이렇게 도서관뿐만 아니라 전 세계가 평범한 일상에서 멀어지고 온갖 불안을 떠안게 된 이유는 코로나19 때문이다.

코로나19는 2019년 말 중국 후베이성 우한 지역에서 정확히 원인을 알 수 없는 신종 바이러스가 등장하면서 시작되었다. 처음 출현 후 불과 6개월도 되지 않아 세계를 집어삼킬 듯이 기세가 등등했다. 마치 롤러코스터를 타고 움직이듯이 중국을 시작으로 아시아, 유럽, 아메리카, 남미대륙, 중동, 아프리카까지 전쟁터의 폭군처럼 사람들을 공포에 떨게 만들었다. 이 병이 고약한 것은 젊은 사람들처럼 힘이 있는 숙주에서는 얌전하게 머물다 사라지고, 나이가 많고 기저질환이 있는 일명 건강 소외계층에는 치명적인 힘을 발휘해서 생명까지 빼앗아 가는 것이다.

코로나19는 원래 사람보다는 동물끼리 감염을 일으키는 바이러스로 유전자 크기가 아주 작은(27-32kb) RNA 바이러스라고 한다. 이름도 생소한 바이러스의 특징은 체내에 침투한 뒤 개체 수를 늘리기 위해 유전정보를 복제하는 과정에서 돌연변이가 잘 일어난다는 점이다. 전파력이 인간의 유전정보를 저장하는 DNA에 비해 한 번 복제할 때 돌연변이가 일어날 확률이 1000배 이상 높을 정도로 엄청나다. 특히 무증상 상태에서 전염이 되기 때문에 언제 어디서 집단 감염이 발생할지 몰라 더욱 불안을 부추긴다. 감염되면 대부분 심장이나 폐에 이상을 일으켜 심할 경우 사망에 이르게 하는 것으로 알려졌다. 코로나19는 지금도 확산일로에 있고 그것으로 인해 우리는 여전히 불안과 공포에서 벗어나지 못하고 있다.

2020년 1월부터 시작된 코로나의 위협은 해를 넘긴 2021년에도 사라지지 않고 맹위를 떨치고 있다. 다만 다행인 점은 백신 개발에 성공해서 여러 국가에서 접종을 시작하고 있다는 것이다.

## 중세 유럽의 페스트와 닮았다

코로나19로 고통받는 현재 상황은 마치 중세 유럽을 죽음의 공포로 몰아넣고 실제로 유럽 인구 3분의 1 이상이 사망했다는 일명 흑사병으로도 알려진 '페스트'를 떠올리게 한다. 페스트는 14세기 중기, 유럽에서 대유행한 인류 역사상 가장 잔인한 전염병이었다. 페스트 병균은 야생 쥐가 사람에게 옮긴 것으로 알려져 있다. 코로나의 유력한 원인도 중국 우한에 있는 야생동물을 사고파는 시장에서 시작되었다는 주장이 설득력을 얻고 있다.

왜, 동물의 바이러스가 인간에게 전염되었을까?

그동안 인간이 동물의 삶을 파괴하고 자연의 순리에 역행하며 행동했기 때문일지 모른다. 그 결과 동물이 인간에게 보내는 메시지일 수 있다.

중세 유럽에 죽음을 몰고 온 페스트와 21세기 전 세계를 죽음의 공포로 몰아넣은 코로나19는 닮아있다. 이 지독한 전염병들은 아이러니하게도 그 시대를 대표하는 가장 풍요한 나라에서 가장 많은 확진자와 사망자를 내고 있다. 이는 가장 발전된 지역일수록 인구 밀도가 높기 때문이라고 학자들은 주장한다.

페스트가 그 시대 모든 영광의 근원지인 유럽에서 유행했다면 현재는 세계에서 가장 부유한 나라 미국의 피해가 가장 극심하다. 흔히 21세기 초일류 국가로 지칭하는 미국, 그중에서도 미국의 자랑이며 자부심인 도시 뉴욕에 엄청난 확진자와 사망자가 발생했다.

최근 안타까운 소식이 있었다. 나와 인연이 깊은 교수의 부모님이 뉴욕에 살고 계셨는데 두 분이 함께 코로나19 감염으로 작고하셨다. 순간 돈이 없는 분들도 아닌데 치료도 제대로 못 받고 세상을 떠나셨다는 게 믿을 수가 없었다. 타국에 계신 부모님을 한꺼번에 잃고 장례식에도 참여하지 못한 교수는 그저 멍하니 하늘만 바라볼 뿐이었다. 허망한 눈빛이 너무 서러워 보였다. 그동안 뉴스로만 들었던 죽음이 갑자기 현실로 다가왔다.

## 불안의 심리학

사람들은 고난이 찾아오면 쉽게 당황한다. 그 예로 지금까지 피해가 가장 큰 나라의 지도자였던 트럼프 대통령의 행동을 보면 알 수 있다. 트럼프 전 대통령은 중국에 전염병 확산의 책임을 지라고 맹공을 퍼부었다. 그것으로도 부족한지 세계보건기구(WTO)에도 중국 편을 들었다고 지원금 중단을 선언했다. 현재 상황에 대한 책임을 누군가에게 전가하고 싶은 것이다. 또한 이 상황이 자신의 잘못이 아니라고 부정하고 싶은 것이다. 억울하다고 느낄 수도 있다. 불안에서 오는 심리 현상이다.

불안은 상대를 가리지 않고 모두에게 부정적으로 작용한다. 같은 이유로 누군지도 알 수 없는 상대를 향해 화풀이하고 싶어 한다. 알랭 드 보통은 〈불안〉에서 사람들이 결핍이나 미래를 예측할 수 없는 마음에서 불안을 느끼는데, 그 원인이 되는 대상을 찾는다고 말한다. 코로나19가 동양에서 시작되었다는 이유로 미국과 일부 서유럽 사람들이 동양인을 폭행하고 자기 나라에서 나가라고 폭언하는 등의 일을 우리는 종종 뉴스를 통해 듣곤 한다. 참으로 씁쓸하고 안타까운 일이다. 우리는 이 끝날 것 같지 않은 코로나 19에서 오는 불안을 극복할 수 있을까?

지금 우리를 괴롭히는 코로나바이러스의 백신은 현재 개발되었다. 백신만 나오면 우리는 전염병의 공포에서 완전히 벗어날 수 있을까? 그렇지 않다는 것을 인류는 경험을 통해 이미 알고 있다. 지구가 존재하는 한 언제 어디서든 바이러스는 나타날 수 있다. 특히 지금 환경 파괴로 인해 진행되는 지구온난화의 영향으로 그동안 얼음 속에 묻혀 있던 수많은 세균 덩어리가 살아날 것이라는 주장도 있다. 그동안 페스트균을 비롯해서 수많은 바이러스에 대한 백신이 세상에 나와 있고 그것들로 인해 많은 사람이 다양한 전염병으로부터 보호받고 있는 것도 사실이다. 그러나 바이러스도 인간의 변화에 발맞춰 진화한다. 계속 새로운 종을 만들어내고 있다. 어쩌면 우리는 후손에게 무서운 미래를 물려줘야 할지도 모른다.

무엇이 인간을 구원할 수 있을까?

이러한 물음에 대해 미리 예언이라도 하듯 대안을 제시한 인물이 있다. 20세기 실존주의 문학의 대표 작가 알베르 카뮈다. 그는 소설 〈페스트〉를 통해 우리가 전염병을 어떻게 대해야 하는지를 섬세하게 묘사했다. 미처 이 소설을 읽지 못한 분들을 위해 내용을 정리해보았다.

주인공 외과의사 리사는 어느 날 병원으로 출근하는 길에 병원 계단에서 쥐가 피를 토하며 죽어가는 것을 보게 된다. 처음에는 크게 신경 쓰지 않았으나 그렇게 죽은 쥐는 계속 증가해서 결국 거리를 가득 채우고 시냇가에도 붉은 피로 넘쳐난다. 별일 아니라고 생각한 정부가 특별한 대책을 세우지 않는 사이에 사람들은 페스트에 걸려 죽어가기 시작한다.

상황이 심각해지자 의사와 정부 관리가 모여서 의논을 하지만 정부는 시민들을 공포로 몰아넣을 수 없다고 그 사실을 은폐하기 바쁘다. 그러고는 지역을 봉쇄해버린다. 이 지역에서 누구도 나가지 못하게 묶어둔다. 그중에 람베르 기자도 포함되어 있다. 사람들은 이 공포를 이기기 위해서 술을 마시기 시작하고, 교회는 성황을 이룬다. 신부 파블루는 사람들에게 "여러분이 지은 죄 때문에 페스트가 발생했으니 회개하고 하나님께 구원받으라"라고 설교한다.

그런 와중에도 기자 람베르는 불법적인 방법으로 탈출을 시도하지만 계속 실패한다. 그러다 보건대를 만들자는 타루을 만나게 된다. 타루는 이 고통에서 탈출할 유일한 방법은 모두가 힘을 합치는 것이라고 주장한다. 결국 보건대를 만든 타루와 의사, 신부가 연대해서 이 상황을 호전시키려 하지만 사람들은 병균을 없애려고 불을 지르고 점점 더 혼란에 빠져든다. 온갖 억측과 낭설 속에 사회는 어지러워진다.

마침내 람베르는 탈출할 기회를 잡았지만 마지막으로 의사 리외에게 작별 인사를 하러 갔다가 그들의 노력을 보고 함께 머무르기로 한다. 이 지역의 판사는 페스트를 치료할 수 있는 신약을 어린아이들에게 먼저 투약하기로 한다. 신부는 공포에 떨고 있는 아이를 위해 기도했다.

"주님, 이 아이들을 구원하여 주십시오."

그러나 아이는 죽었고, 결국 신부도 죽었다. 그해 겨울 다시 쥐들이 나타났지만 페스트는 사라진다. 보건대를 만들어 고생하면서 많은 사람들을 구한 타루도 의사 리외의 아내도 요양원에서 병과 싸우다가 죽었지만 결국 그들의 희생으로 페스트를 이기게 되었다. 알베르 카뮈는 고난을 이길 힘은 인간의 의지, 특히 인간의 협력이라고 주장한다. 인간이 공동체 의식을 가지고 협력할 때 불안으로부터 자유로워지고 고난을 해결할 수 있다는 것을 작품을 통해 아주 사실적으로 우리에게 알려준다. 카뮈의 〈페스트〉는 전염병보다 무서운 것이 불안이고 불신임을 이야기한다. 불안은 인간의 이기심으로는 극복할 수 없으며 함께 마음을 합쳐 협력해야지만 극복할 수 있다는 것을 보여준 작품이다.

21세기 현대에 불쑥 나타나 전 세계를 공포로 몰아가고 있는 코로나19를 극복할 방법을 생각해보자. 불안한 상황이 길어지면서 우리 사회 곳곳에서도 크고 작은 다툼이 일어나고 있다. 작은 불안은 큰 불안으로 덮을 수 있다고 하는데 지금보다 더 큰 불안이 일어나기를 바랄 수는 없다.

우리나라는 지금까지 정보를 투명하게 공개하는 정부와 대다수 국민의 높은 시민의식으로 방역 수칙을 잘 지키며 이 고난을 이기려 노력하고 있다. 이 어려운 시기를 온몸으로 감당하고 있는 의료인이 있고 그들의 노력을 고마워하는 일반 시민들이 있다. 여전히 코로나는 현재진행형이지만 언젠가 꼭 끝이 있을 것이다.

## 평범한 일상으로의 회귀

인류의 역사를 기독교에서는 '창조'로, 다윈은 '진화'로, 유발 하라리는 '승자의 힘'으로 이루어졌다고 주장한다. 무엇이 옳은지는 각자의 신념에 따라 다를 것이다. 그러나 가끔은 인간이 다른 생명체보다 고등하다는 것을 보여주면 좋을 것 같다.

이번 바이러스와의 전쟁에서 지역 이기주의나 국가 이기주의에서 벗어나 인류가 협력해서 극복한다면 이 고약한 바이러스로부터 자유로워지리라 믿는다. 그런 날이 오면 도서관도 당당하게 문을 활짝 열고 지역 주민들과 함께 웃으면서 지금의 불안과 이별을 고할 것이다. 그때 우리는 평범한 하루하루가 얼마나 고마운지 알게 될 것이다.

관장 유순덕

# 당신과 연결되고 싶어요

Daechi Link You

2020년 11월 22일 일요일 대치도서관에서 진행하는 비대면 독서문화 서비스 [Daechi Link You]의 '청소년 인문독서토론' 마지막 게시물을 올렸다. 페이스북에 로그인하고, 대치도서관 계정으로 들어가 '게시글 만들기' 버튼을 누른다.

[Daechi Link You]_대치도서관 비대면 독서문화 서비스
★일요일 〈청소년 인문독서토론〉★
2020년 청소년인문독서토론 마지막 시간입니다.
지금까지 다룬 카드뉴스 내용을 돌아보며 끝내겠습니다.

다사다난했던 2020년 잘 마무리하시기를 바랍니다.

#하버드상위1퍼센트의비밀 #살면서한번은논어 #청소년인문독서토론

도입부 글을 작성하고 카드뉴스 이미지를 삽입한다. 게시 버튼을 클릭한 뒤 화면 상단에 업로딩 바가 차오르는 것을 보면서 새로고침 버튼을 눌러 카드뉴스가 잘 올라갔는지 확인한다. 네이버 카페, 도서관 홈페이지에도 올리고 마지막으로 인스타그램에 게시했다. 비로소 지난 3월부터 이어온 '대치 링크 유(Daechi Link You)' 업무가 끝이 났다.

2020년 2월 6일 목요일이었다. 갑작스럽게 발생한 코로나19로 도서관이 휴관하게 되었다. 휴관 직후 "언제 다시 여나요?"라는 문의 전화를 가장 많이 받았다. 아울러 집에만 있는데 문화강좌도 못 듣고, 책을 빌려 읽기 힘들어 아쉽다고 했다. 힘들겠다며 위로를 건네는 말에는 힘이 났다. 코로나에 출근하느라 고생이 많다는 말을 들었을 때는 눈물이 날 뻔했다. 한편으론 종종 도서관은 휴관인데 직원은 왜 나와 있는지, 나와 있으면서 대출은 왜 안 해주는지 등 민원이 들어올 때도 있었다. 그런 말을 들으면 어쩔 수 없이 힘이 빠졌다.

금세 수그러들 줄 알았던 코로나는 팬데믹 상황으로 치달았고, 휴관 기간은 기한 없이 늘어났다. 도서관 임시 휴관이 장기화되면서 대면을 최소화한 대출 서비스와 문화행사를 제공할 방법을 고민하기 시작했다.

무인대출 기계인 스마트 도서관과 U도서관 이용방법을 적극적으로 안내하고, '내일드림(Dream)'이라는 제한적 대출 서비스를 제공했다. 유튜브 채널을 통해 문화강좌 영상을 촬영·편집해서 누구나 양질의 강의를 이용할 수 있도록 업로드했다. 대부분의 영상 서비스가 성인 위주로 진행되다 보니 유아부터 청소년을 위한 서비스 개발이 필요했다. 이에 대치도서관 사서들이 생애주기별 독서 프로그램을 하나씩 진행하기로 하고 비대면 독서문화 서비스인 '대치 링크 유'를 기획했다.

대치 링크 유는 3월부터 사서들이 유아, 어린이, 청소년을 대상으로 주제를 선정한 후 SNS에 카드뉴스를 만들어 매주 업로드하는 프로젝트였다. 나는 청소년 인문독서토론을 맡았다. 처음 포부는 청소년들을 직접 만나 미리 정해진 책의 일정 분량을 읽고, 그중 인상적인 부분을 함께 읽으며 토론하는 것이었다. 더불어 주제에 맞는 유명 인사, 뉴스, 사건을 준비해서 이야기하고, 중학생들이 겪을 만한 고민이나 학업의 목표 등을 세우고 나아가는 데 도움이 되는 방향으로 함께하고 싶었다.

그러나 도서관이 휴관 중이어서 나의 바람은 이룰 수가 없었다. 우리는 책을 통해 전달하고자 하는 내용을 카드뉴스 형태로 SNS에 게시했다. 코로나로 답답한 이용자에게 혼자 읽어도 좋고 가족과 함께 이야기를 나눠도 좋은 'BOOK Topic'을 제공하자는 취지였다.

Daechi Link You 일별 프로그램

| | | | |
|---|---|---|---|
| 월 | 사서와 함께하는<br>Kids Fun English | 목 | 거북한 친구들 |
| 화 | 청소년 인문독서토론 | 금 | SF X 철학 |
| 수 | 말랑한 인문학 | 토 | 뚝딱뚝딱 생각공작소 |

## 카드뉴스 만들기는 고달프지만

2020년 3월 23일 월요일 '사서와 함께하는 Kids Fun English'가 처음으로 대치도서관 SNS에 올라가고, 3월 24일 화요일 나의 첫 카드뉴스 '청소년 인문독서토론'이 업로드되었다.

처음에는 매주 월요일부터 토요일까지 카드뉴스를 올렸다. 5월에 재개관을 하면서 오프라인으로 독서동아리 모임을 재개하려 했으나 다시 사회적 거리두기가 강화되면서 SNS로만 카드뉴스를 올리게 되었다. 그 후에도 개관과 휴관이 반복됐고, 기존 업무에다 매주 카드뉴스를 제작하는 것이 어려워 7월부터는 2주에 한 번으로 게시 간격을 변경하고, 게시일도 일요일로 바꿨다.

처음 카드뉴스를 제작할 때는 정말 힘들었다. 심심할 때 SNS를 가끔 보곤 했지만, 기분 전환용으로 귀여운 동물이 나오는 '움짤'이나 TV 하이라이트 영상, '인스타툰'을 주로 봤었기에, 인문학 카드뉴스를 만들려고 하니 난감했다. 일하면서 막연히 짐작하던 바였지만 나는 디자인 센스가 정말 부족했다.

하얀 종이에 마음껏 꾸며 보라고 하면 신나서 그림을 그리는 게 아니라, 저걸 어떻게 다 채운담? 하며 고민하는 타입이었다. SNS는 무엇보다 눈에 띄어야 하고, 글이 너무 길어도 안 되고, 이미지와 글이 적절히 어울려야 하는데, 어떻게 해야 할지 난감했다.

'청소년' 인문독서토론이라는 주제와 대상이 정해져 있지만, SNS의 특성상 불특정 다수가 카드뉴스를 볼 것이고, 책이 전하고자 하는 내용을 담되, 생각할 거리를 줄 수 있어야 하고, 전체적인 디자인도 깔끔하게 잘 만들고 싶었다. 첫 카드뉴스는 도서 소개와 작가의 이야기를 가볍게 담는 것으로 내용을 기획했다. 그런데 복병은 앞으로 매주 올라갈 카드뉴스의 메인 표지 디자인을 정하는 것이었다. 처음 카드뉴스를 만들 때만 해도 내가 메인 표지를 네 번이나 바꿀 줄은 몰랐다.

월요일에 먼저 올라간 '사서와 함께하는 Kids Fun English' 카드뉴스는 아기자기 귀여운 일러스트와 재미있는 원서 소개 및 간단한 퀴즈까지 아이들과 부모님이 함께 보면 딱 좋은 내용이었다.

수요일에 올라가는 '말랑한 인문학'도 정말 말랑말랑한 디자인으로 인문학에 흥미가 생길 것 같았다.

나는 유아를 대상으로 한 귀여운 카드뉴스 '사서와 함께하는 Kids Fun English' 다음에 짐짓 딱딱해 보이는 '청소년 인문독서 토론' 카드뉴스가 올라가도 되는지 고민하다가, 수요일의 '말랑한 인문학'도 말랑한 디자인이니 화요일은 좀 딱딱해도 괜찮지 않을까 하며 합리화하기도 하고, 귀여운 일러스트는 책의 내용과 어울리지 않는 느낌인데 일단 시선을 끌려면 넣어야 할까 등 이런저런 고민으로 머릿속이 가득했다.

카드뉴스를 올리는 그 순간까지 이미지를 넣었다가 지우고, 글씨체를 수없이 바꿨다. 고민에 고민을 거듭하다 올리고 난 뒤에는 오히려 홀가분했다. 일단 첫발은 디뎠으니 말이다.

토요일 '뚝딱뚝딱 생각공작소'까지 다 올라가고 6개의 카드뉴스를 보면서 정말이지 나는 디자인에 재능이 없다는 사실을 다시 한번 깨달았다.

첫 카드뉴스에 올린 이미지는 다 따로 보아도 어색하지 않을 만큼 통일성을 찾아볼 수 없었다. 다른 선생님의 카드뉴스를 참고하면서 디자인을 이리저리 바꿔봤지만, 글과 배경, 이미지가 조화를 이루는 단계는 그 뒤로도 한참이 지나서야 가능했다. 도형을 써보거나, 일러스트 아이콘을 활용해보기도 하면서 카드뉴스 내용을 정하는 데 걸리는 노력이 1이라면 디자인에 쏟는 노력은 9였다.

## '좋아요' 하나에 기쁨 한가득

첫 번째 주제도서는 〈하버드 상위 1%의 비밀〉이었다. 매주 카드뉴스를 만들다 보니 책 속의 인물에 대해 다각도로 인물 정보를 확인할 시간이 부족해 아쉬웠다. 카드뉴스 특성상 많은 이야기를 담을 수 없어 다루지 않은 사람도 있었다. 한 예로 명지휘자인 '헤르베르트 폰 카라얀'의 에피소드였다. 그는 시대를 풍미한 명지휘자로 위대한 업적을 남겼지만, 독일인 신분으로 나치당에 가입하여 오점을 남겼다. 그에 대한 비판과 옹호 여론이 복잡하게 얽혀 있어 카드뉴스로 가볍게 다루기에는 무리가 있었다. 더구나 참고문헌으로 소개된 책이 한국어판으로 미출간된 것이어서 내용 확인이 어려워 그의 대한 내용은 생략했다.

〈하버드 상위 1%의 비밀〉은 동아리를 기획하면서 구매했다. 도서에 메모를 하거나 책장 접는 것을 싫어하는데, 카드뉴스를 만들면서 소장한 도서 중 처음으로 메모와 접힌 자국 가득한 너덜너덜한 책이 되었다.

두 번째 주제도서 〈살면서 한번은 논어〉로 카드뉴스를 만들 때, "좋은 글 감사해요♥ 잘 보고 갑니다~"라는 댓글과 '좋아요'를 받았다.

짧은 글. 단 두 문장으로 이루어진 글을 보는데 입꼬리가 올라가고, 하루 종일 피식피식 웃음이 났다. 내가 만든 카드뉴스를 누군가가 읽고, '좋아요'를 누르고, 그냥 지나칠 수도 있는데 애써 댓글까지 달아주었다니 아무리 생각하고 다시 생각해도 너구리 라면에 다시마가 2개 나오는 행운처럼 신기하고 신이 났다.

나는 SNS에 '좋아요'는 눌러도 댓글은 잘 달지 않는다. '좋아요'는 터치만 하면 끝나지만 댓글은 글을 써야 한다. 쉬는 시간에, 출퇴근 시간에 휴대폰을 들여다보면서 댓글을 달기란 쉽지가 않다. 그걸 아는 만큼 감사하고 감격스러웠다. 더 열심히 더 잘 만들고 싶은 마음이 들었다. 주제도서를 바꾸면서 또 한 번의 고난이 왔었는데 그 힘들었던 시간을 보상받는 기분이었다.

〈하버드 상위 1%의 비밀〉이 끝나고 고심 끝에 논어로 주제를 바꾸면서 표지 디자인을 다시 만들었다. 급하게 도서를 정하느라 책을 다 읽지 못하고 정했는데 막상 카드뉴스로 만들려니 내용이 적절하지 않았다. 참고도서 표시를 명확히 하고 청소년과 함께 이야기하고 싶은 논어 구절과 해석은 다른 도서를 활용했다. 나중에 참고도서였던 〈살면서 한번은 논어〉로 카드뉴스를 만들었다.

카드뉴스를 만들면서 읽은 해설이 달린 논어는 재미있었다. 오른 소매만 짧게 잘라 만든 겨울옷을 입고 생활했다는 공자의 사생활도 의외였고, 익히 알던 강직한 공자의 모습에 담긴 뜻도 다시 한번 생각하는 시간을 가질 수 있었다. 오랜만에 아주 살짝 들여다본 동양고전은 색달랐고, 생기가 넘쳤다. 이 재밌고 훌륭한 논어를 내 카드뉴스를 읽는 사람들에게도 소개해주고 싶었다. 카드뉴스를 만들면서 '이 위대한 고전에 내가 흠을 내는 것은 아닌가?', '동양철학은 성리학의 이기일원론, 이기이원론밖에 모르겠다', '막연하지만 장자를 더 좋아했는데' 등등 엉뚱한 생각을 하기도 했다.

나중에는 카드뉴스 만들기도 요령이 생겨 조금은 수월해졌다. 픽사베이, Canva, 망고보드 등등 무료 이미지, 디자인 툴을 제공하는 프로그램도 카드뉴스를 만들면서 알게 되었다. 사진이나 이미지를 넣고 싶을 때, 일단 이미지를 찾는 것도, 저작물사용 허가표시를 확인하는 것도, 처음에는 낯설고 어려웠지만 나중에는 최대한 예쁜 이미지를 활용하기 위해 마우스 휠을 무한정 굴리기도 했다. 같은 디자인의 도형도 색을 바꾸고, 배경을 바꾸면 다른 느낌이 나는 것도 알았다. 하지만 여전히 약간의 각도와 위치에도 전체 이미지 느낌이 달라지니 디자인은 가까이하기 먼 대상이다.

그럼에도 내가 디자인에 재능이 없다는 사실을 인정하고 모자람을 메꾸기 위해 노력했다는 점은 스스로 인정해주고 싶다.

새로운 무언가를 만들어내고, 심지어 부족해 보이는 결과물을 공개하고 공유한다는 것은 큰 스트레스였다. 하지만 거기에 담긴 내 노력에 '좋아요'와 댓글로 보답을 받은 순간은 또 얼마나 기쁜지 기억한다.

8개월 동안 24개의 카드뉴스를 만들면서, 주제도서를 2번 바꾸고, 메인 표지를 4번 바꿨다. 매회 새로운 도서를 추천했던 '사서와 함께하는 Kids Fun English'는 유아 원서를 44권, 'SF X 철학'은 SF소설 33권, '뚝딱뚝딱 생각공작소'는 어린이 도서 96권을 소개했다.

6개의 카드뉴스는 약간의 수정을 거쳐, 카드뉴스 결과보고서로 만들었다. 8개월의 시간이 담겨 있는 결과물을 보고 있자니 묘한 기분이 든다.

언젠가 코로나가 종식되어 청소년 친구들과 함께 얼굴 마주 보고 앉아 즐겁게 책을 읽고 이야기를 나눌 그날이 빨리 오기를 바랄 뿐이다.

사서 류영아

대치 링크 유 카드뉴스 결과보고서

# 사서가 영상 편집도 한다고?

## 대치도서관은 오늘도 대치 중

면접을 보러 대치도서관에 처음 방문했던 날, 떨리는 걸음으로 제일 먼저 마주했던 건 문 앞에 붙여진 빨간 글씨의 '휴관 중' 안내판이었다.

어려운 시국에 취업이 된 것만으로도 감사해 개관 전까지 모든 업무를 익혀두자 다짐하며 출근했지만, 코로나19로 인해 굳게 닫힌 문은 기어코 열릴 기미가 보이지 않았다. 신입사원의 주 업무인 데스크 응대 업무를 인수인계를 받으면서도 이용자가 없으니 예시로 배울 만한 것이 마땅치 않았고, 기존에 진행 중이던 문화 프로그램도 전부 중단되어 도서관의 대면 서비스는 언제 종식될지 모르는 바이러스와 함께 무기한 연기되어만 갔다.

관장님은 신입인 나를 포함해 긴급 직원회의를 열었다.

"도서관이 장기 휴관에 접어들면서 우리 도서관도 비대면 프로그램을 계획해야 할 것 같아요. 다들 개관하면 도서관이 오프라인 서비스로 돌아올 거라고 예상하지만 앞으로 우리 도서관들도 유튜브 같은 온라인 서비스를 통해 언택트(Untact) 시대에 언제든 대비할 수 있어야 한다고 생각해요. 선생님들 각자 의견 주시고, 새로 오신 선생님도 이전 직장에서 미디어 관련 부서에 계셨던데 처음 오셔서 낯설겠지만 같이 의견 나눠주세요."

프로그램 기획은커녕 직원회의에 참석한 경험도 없었던 나는 날벼락을 맞은 기분이었다. 유튜브는 열심히 시청만 했지 직접 영상을 편집하거나 업로드해본 적도 없었고, 아직 대면 업무도 서툰 내가 비대면 업무까지 잘할 수 있을지 걱정되었다. 신입사원의 아이디어 넘치는 의견을 기대했을 관장님의 생각과는 달리 나는 영상 쪽에는 통 자신이 없었다. 멍한 상태로 회의를 마치고 자리에 앉아 있던 내게 관장님은 같이 나눌 얘기가 있다며 문화교양관에서 보자고 하셨다.

"회의 때 비대면 프로그램을 기획하면서 생각해봤는데 업무 분장을 다시 해야 할 것 같아요. '길 위의 인문학' 프로그램을 현재 과장님이 맡고 있지만 오프라인 강의까지 전부 촬영해 유튜브에 업로드할 예정이라 선생님이 그 영상을 편집해줬으면 해요. 그 밖의 업무는 과장님이 모두 해주실 거고, 어려운 부분이 있으면 다른 선생님들이 같이 도와줄 거예요. 선생님도 영상 편집이 처음이라 혼자 배워가며 작업하는 게 힘들겠지만 나중엔 선생님한테도 정말 큰 도움이 될 거라고 생각해요. 갑작스럽겠지만 이번 주부터 영상이 올라갈 예정이라 오늘부터 바로 편집 업무 시작해야 할 것 같아요. 앞으로 대치도서관의 영상 편집 담당 사서로 잘 해주실 수 있죠?"

나의 대답은 당연히 '아니요'였는데, 마음과는 다르게 어느샌가 "네"라고 대답하고 있었다. 관장님은 대답과는 달리 자신 없어 하는 내 표정을 보시곤 일단 한번 시도해보고 정 못하겠으면 언제든 다시 말해달라고 했다. 오히려 강압적이지 않고 배려해주시는 관장님 태도에 나는 더 이상 물러설 수 없었다.

'그래, 그럼 시작이나 해보고 못 하겠으면 빨리 말씀드려야겠다!'

사무실에 돌아와 우선 영상 편집 프로그램부터 설치했다. 이전에 북 트레일러 교육을 받은 적 있던 팀장님께서 기본적인 메뉴와 툴 사용법을 알려주셨다. 편집 프로그램은 누구나 무료로 설치할 수 있는 기본 프로그램을 사용했고, 대중적인 프로그램이었기에 작업하다 모르는 기능이 나오면 유튜브에 검색해보았다.

영상 편집의 고수들이 알려주는 자세하고 친절한 강의를 보며 기능들을 차차 따라해 보았고, 궁금한 점은 댓글로 남겨달라는 말에 댓글을 살피던 중 나는 무척 놀랐다. 나보다 나이가 한참이나 많은 어르신이 영상 편집을 배우고 있던 것이다. 60대가 되어 처음 유튜브를 시작하려는데 이 영상을 보고 잘 배워간다는 댓글은 정말이지 나를 부끄럽게 만들었다. 그 어떤 말보다 동기부여가 되는 순간이었다.

그렇게 하나하나 모르는 기능들을 익혀가며 첫 영상 편집을 마치고 나니 어라…? 생각보다 재밌고 할 만했다. 두근거리는 마음으로 관장님께 완성된 첫 영상을 보여드렸다.

"그러게 내가 선생님은 금방 배워서 잘할 줄 알았다니까~"

더 잘할 수 있을 것 같은 기분이 들었다. 그 이후 내가 이어폰을 착용하고 영상 편집을 할 때면 동료 선생님들은 돌아가며 항상 내 자리를 교대해주었다. 매번 데스크에서 신입의 업무까지 자기 일처럼 맡아 처리해주는 선생님들을 보며 내가 이렇게까지 배려받아도 되나 싶을 정도로 감사했다. 우여곡절 끝에 시작한 영상 편집은 선생님들의 격려 속에서 이렇게 나의 전담 업무가 되었고, 굳게 닫혀 있던 도서관의 문도 온택트(Ontact) 시대를 맞이해 새롭게 열리고 있었다.

대치도서관은 인문학 특성화 도서관으로 프로그램 내용 또한 인문학이 주를 이뤘다. 내가 영상 편집을 맡은 '길 위의 인문학' 프로그램의 주제는 철학과 예술이었는데, 가볍지 않은 주제인 만큼 오랫동안 대치도서관과 연을 맺어온 실력 있는 명강사님들이 강의를 맡아주었다. 그러다 보니 이 강사님들의 강의는 꼭 챙겨보는 두터운 팬층 또한 어느 정도 나이대가 있는 분들이었고, 여기서 미처 신경 쓰지 못했던 부분들이 드러났다. 아무리 열심히 영상을 편집해 유튜브에 올려도 이용자들이 찾아보지 않는다면 소용이 없었다. 일단 온라인 서비스에 익숙지 않은 중장년층을 어떻게든 유튜브까지 안내하는 게 최우선이었다. 종종 닫혀 있는 도서관 문을 두드리며 왜 프로그램 신청을 온라인으로만 받느냐는 이용자들의 민원이 있었다.

"나는 휴대폰으로 전화밖에 할 줄 모르고, 유튜브는 어떻게 들어가는지도 몰라요!"

그럴 때마다 당장 대면 서비스를 할 수 없는 도서관 상황을 말씀드리고 유튜브에 접속해 강남구립도서관 채널의 구독과 알림을 설정하는 방법까지 차근차근 안내드렸다. 개관을 했더라면 이 프로그램을 듣기 위해 새벽같이 일어나 도서관 앞에 대기했을 분들이었기에 충분히 그 아쉬운 심정이 이해가 갔다. 그렇게 한 분 한 분 유튜브로 모셔온 덕분에 조회 수는 점차 늘어갔다.

영상을 보는 사람이 많아지며 차츰 댓글도 달렸는데, 잘 보고 있다는 감사 댓글보다는 음질과 화질이 안 좋아 보기가 불편하다는 민원성 댓글이 지속해서 달리고 있었다. 나에겐 너무도 익숙한 환경이라 촬영 장소를 직접 보고 편집할 때도 큰 문제를 느끼지 못했는데 생각해보니 우리 대치도서관의 촬영 현장은 매우 열악했다.

보통 유튜브 강의를 촬영한다고 하면 전용 카메라에 녹음 마이크를 달고 조명 아래 열강을 펼치는 강사를 상상할 테지만 모든 준비는 도서관의 한정된 예산으로 준비해야 했기에 전문 촬영 장비를 완벽히 갖출 수는 없었다. 오죽하면 강사님이 촬영 첫날 현장을 보고 "저희 집에 안 쓰는 캠코더 하나 있는데 빌려드릴까요?"라고 했을까.

우선 가장 급한 음질 문제부터 개선하기로 했다. 녹음이 가능한 핀 마이크를 구매해 음질 상태를 테스트해보니 잡음도 제거되고 소리도 울리지 않았다. 성공을 확신하며 촬영을 이어갔지만 핀 마이크 사용이 처음이었던 우리는 또 사고를 치고 말았다. 강사님이 헛기침을 하거나 옷깃 부분에 달린 마이크를 스치기만 해도 지지거리는 소음이 발생했고, 심지어 촬영 도중 배터리가 방전돼 강의 절반

이 소리 없이 녹화된 적도 있었다. 하지만 실수가 생길 때마다 나의 영상 편집 실력은 날로 늘어가는 아이러니한 상황. 강사님의 헛기침 소리를 초 단위로 자르고, 날아간 내용을 절묘하게 연결해버리는 스킬을 연마한 것이다.

화질 같은 경우에는 좀 더 손이 많이 가는 작업이었다. 촬영은 주로 문화교양관에서 이루어졌는데 아무래도 개인 휴대폰을 삼각대에 고정해 촬영하다 보니 강사님과 PPT 화면을 동시에 잡으며 PPT 내용까지 영상 속에 선명하게 담아내기란 역부족이었다. 불을 끄면 강사님의 얼굴이 잘 보이지 않았고, 불을 켜면 형광등 때문에 PPT 내용이 보이지 않았다. 하물며 강사님이 유튜브에 올라간 영상을 보고 특정 부분 수정을 요청하거나 뒤늦게 PPT에 오타가 발견된 경우엔 처음부터 영상을 다시 제작해야 하는 수고스러움이 따랐다.

이런 문제를 개선하기 위해 관장님은 PPT 화면을 이미지로 따로 넣어 배치하고, 강사님 모습만 단독으로 촬영해 화면을 각각 양쪽으로 나누어 글자가 선명히 보이도록 편집해보자고 제안하셨다. PPT 내용을 일일이 이미지로 따내고 배치하느라 이전보다 편집 시간은 두 배로 늘었지만 완성된 영상을 보고 나니 보람도 두 배가 되었고, 더 이상 민원성 댓글 또한 달리지 않았다.

하지만 문제는 여기서 끝나지 않았다. 이 PPT 강의안의 경우 강사님이 도서관 외에도 출강하는 내용이었기에 온라인상으로 배포하기엔 저작권 문제가 따랐다. 도서관에 직접 방문해서 수령하는 것이 프로그램의 원칙이었지만, 휴관으로 인해 모두 비대면 서비스로 전환된 상황에서 직접 수령이 원칙이라는 이유로 도서관 문을 두드린다는 건 앞뒤가 맞지 않았다. 이 상황을 해결하기 위해 과장님은 강사님과 강의안 협의를 보도록 했다. 감사하게도 강사님은 메일로 강의안을 배포하는 것을 허락해주셨고, 온라인 서비스를 개시한 지 3개월 만에 드디어 모든 게 비대면으로 이루어질 수 있는 완전한 삼박자가 갖추어졌다.

## 제가 이렇게 생겼다니요?

내가 편집을 맡은 '길 위의 인문학' 프로그램은 강연뿐 아니라 탐방과 토론, 후속 모임 등 참가자들이 다양한 방식으로 인문학을 접하도록 기획된 행사였다. 탐방의 경우 보통은 참가자들과 함께 주제와 관련된 박물관이나 미술관을 관람하는 방식으로 이루어졌지만, 강의가 비대면으로 진행되는 만큼 이번 탐방은 부득이하게 촬영팀만 참석하게 되었다.

현직 피아니스트인 강사님은 이전 프로그램에서 진행되었던 전시회 탐방과는 달리 강사님의 개인 연습실에서 직접 피아노 연주를 들려주겠다고 했다. 분명 업무의 일환인데도 뮤직 스튜디오에 방문하는 발걸음은 콘서트를 가는 길처럼 마냥 설렜다. 휴관일 아침 논현동에 있는 한 뮤직 스튜디오에 관장님과 과장님, 강사님이 모여 촬영 장비를 세팅하고 스튜디오를 둘러보았다. 이렇게 멋진 공간을 참가자들에게 다 보여드리지 못해 아쉬웠지만 배경이 아름다운 만큼 영상미도 좋게 나왔다. 무엇보다 귀를 호강시키는 강사님의 연주를 바로 눈앞에서 보고 들을 수 있어 이때만큼은 영상 편집을 맡길 정말 잘했다는 생각이 들었다.

몇 시간에 걸쳐 촬영된 영상은 보통 3~5개의 파트로 나뉘어 30분 내외의 길이로 편집하는데, 어차피 온라인 서비스로 진행되기에 업로드 예정일에 맞춰 단기간에 여러 강을 몰아서 촬영할 때도 있었다. 촬영하는 입장에서는 대수롭지 않게 생각했지만 이를 본 시청자들은 10강, 20강이 지나도 강사님이 몇 주째 계속 같은 옷만 입고 있다는 의문을 하나둘 품기 시작했다. 이런 상황을 의식한 강사님은 촬영이 오래 진행되는 날이면 꼭 쇼핑백에 두어 벌의 옷을 챙겨와 강의가 바뀔 때마다 옷을 환복하는 센스를 발휘해주셨다.

그뿐만 아니라 대부분 강사님은 도서관 밖에서도 학생들을 가르치고 있어 유튜브 영상이 올라오면 항상 제자들이 제일 먼저 영상을 보고 피드백을 해준다고 했다.

"선생님 말투가 너무 딱딱해요!"

"쌤, 이 부분에서는 좀 더 재미있게 예시를 들어주셔야죠."

이용자들보다 더욱 열정 넘치는 제자들의 피드백에 강사님은 매번 강의 전날이면 밤새워 추가 자료를 모으고 스크립트를 준비하느라 겨우 3시간가량 눈을 붙인 후 도서관으로 출근했다고 한다. 그중 대학 강의를 하는 교수님도 있었는데 내가 대학생 때 이렇게 교수님의 명강의를 유튜브로 몇 번이고 쉽게 돌려볼 수 있었다면 강의 중 놓친 필기를 친구에게 빌려 전전긍긍하며 벼락치기 할 일은 없었을 것 같은 부러운 마음도 들었다.

강의를 마치고 종종 강사님과 같이 식사를 하곤 했는데, 강의할 때와는 달리 이때만큼은 강사님에게도 인간적인 면모가 있구나라고 생각되는 순간이었다.

"아니, 선생님 이번 썸네일 사진 너무 하시잖아요~ 제가 진짜 이렇게 생겼어요? 죄송하지만 포토샵으로 어떻게 좀 안 될까요?"

"선생님, 고생이 많으시지만 다음엔 영상 각도를 살짝 조절해주셨으면 해요. 제가 그렇게 짧지 않은 편인데… 정말 깜짝 놀랐습니다"

"생각해보니 아까 강의 때 설명을 잘못 드린 게 있는 것 같은데 그냥 그 부분 통으로 편집해주세요!"

이런 귀여운(?) 투정 외에도 강의하다 전 연인과 관련된 일화가 떠올랐었다며 식사 도중 갑자기 풀어나가는 강사님의 지난 러브스토리들, 유학 시절 외국에서 있었던 신기한 경험들, 나보다 대치도서관에 더 오래 있으면서 겪었던 다이내믹한 일화 등 단순히 비즈니스 관계를 넘어 사람 대 사람으로 강사님들의 친근한 모습을 볼 수 있는 시간이었다. 내가 영상 편집하는 사서가 아니었다면 강단에서는 지적이고 열정 넘치는 이분들과 어떻게 이런 귀한 인연을 맺을 수 있었을까 싶었다.

강사님들 덕분에 나도 인문학에 좀 더 쉽게 다가갈 수 있었고, 모든 게 낯설었던 입사 초기, 그것도 온 사회가 혼돈에 빠진 팬데믹 시대에 내가 사서로서 한 발 더 성장해나갈 수 있는 발판을 마련해준 고마운 장본인들이었다. 이런 인문학적 소양에 더해 인간미까지 넘치는 강사님들의 강의가 궁금하다면 지금 바로 유튜브에 '강남구립도서관'을 검색해주시기 바란다.

## 예술, 철학에 눈뜨다

'길 위의 인문학' 프로그램은 한 회차 강의가 끝날 때마다 참가자들과 함께 의견을 나누는 마무리 토론회가 열린다. 마지막 회차 강의가 끝나갈 때쯤 다행히도 사회적 거리두기 단계가 비교적 완화되어 소수 인원을 모집해 '철학 대토론회'를 열 수 있었다. 참가자들에겐 그동안 영상으로만 보았던 강사님을 처음이자 마지막으로 대면하는 자리였다. 토론 장면을 영상으로 따로 촬영하진 않았지만 그동안 강사님의 강의를 모두 들었던 나도 참가자들 사이에 앉아 토론 내용을 정리했다.

다들 영상으로만 강의를 시청해 초면에 어색한 분위기가 되진 않을까 걱정도 했지만, 강사님이 첫 마디를 끊자마자 너도나도 할 것 없이 입을 열어 긴긴 토론이 끊임없이 이어졌다. 오전 10시부터 시작된 토론은 점심시간이 훌쩍 지나도록 끝날 기미가 보이지 않았고, 다들 식사보단 토론에 더 몰두하는 분위기였다. 간만에 사람과 대면해서 나눈 토론이 즐거웠던 탓인지 끝이 보이지 않는 토론회는 결국 사회를 보던 관장님이 급히 마무리 지어야 했다.

참가자들은 토론이 끝나기가 무섭게 강사님 앞으로 줄을 서 질문을 이어가기 시작했고, 각자 질문이 끝나면 도서관에 들러 주제에 관한 책까지 대출해 갔다. 대치도서관 참가자들은 너무 강의를 쉽게 하면 오히려 싫어한다던 강사님의 말씀이 떠오르는 순간이었다. 철학과 예술을 이토록 열정적으로 배우고 사랑하는 사람들을 보면 우리 도서관 이용자들이지만 가끔은 그들의 넘치는 학구열에 경외심이 들기도 하며 늘 신기하고 신비롭게 느껴져, 인문학이 어려운 나와는 다른 세계에 사는 사람이라는 생각이 들곤 했다.

자리에 돌아와 토론 시간 동안 급하게 적어 내려간 필기를 다시 정리하려고 보니, 휘갈긴 문장 가운데 'Übermensch'라는 단이가 보였다.

'내가 이런 단어를 썼다고…?'

가만히 생각해보니 어디선가 들어본 단어였다. '위버멘쉬'는 니체가 〈차라투스트라는 이렇게 말했다〉에서 개념화한 철학 용어로, 항상 자기 자신을 극복하고 완성시키는 주인 역할을 하는 존재를 뜻한다. 영어로는 'Overman', 한국어로는 '초인'이라고 한다. 한글도 영어도 아닌 독일어를 내가 은연중에 알아들을 수 있었던 이유는 앞서 글에서 소개한 영화 〈초인〉을 보고, 그에 대한 글을 쓰며 자료를 찾아보던 중 자연스레 터득했기 때문이었다. 이처럼 늘 어렵게만 느껴졌던 인문학이 5개월간 귀동냥으로 들었던 강의를 통해 일상생활에서 나도 모르게 눈과 귀에 익었던 것이다.

평소 영화를 즐겨보던 나로서는 인문학적 지식이 넓어질수록 영화를 이해하고 바라보는 시각이 확실히 트이게 되어 더 깊이 있게 취미생활을 즐길 수 있게 되었다. 얼마 전 보았던 〈무드 인디고〉라는 영화에서도 이 귀띔 철학지식은 빛을 발했다.

화려한 색감의 포스터로 보아 영상미 가득한 예술 영화인 줄 알았지만 영화를 보는 내내 곳곳에서 사르트르의 실존주의를 발견할 수 있었다. 연주하면 알코올이 나오는 피아노 칵테일, 가슴에 생긴

수련으로 병들어가는 연인, 앉으려 하면 망가져버리는 의자 등 본질보다 실존에 앞서는 철학가의 사상을 이렇게 강의를 듣고 영화를 통해 새롭게 접하니 더욱 확실히 이해가 되었다. 그동안 인문학적 소양을 기르기 위해서는 특정 학문을 심도 있게 공부하거나 그에 걸맞은 교양을 갖추어야 한다는 강박에 쉽게 다가가지 못했었는데, 일상에 점차 스며드는 인문학은 나도 모르게 나의 삶을 더욱 풍족하게 만들어주고 있었다.

인문학을 향한 관심은 업무 중에도 발현되었다. 클래식 강사님이 음악가의 생애에 관한 책 한 구절을 강의 도중 읊어주어, 그 책을 찾아 영상에 같이 편집해보았다. 그랬더니 실제 이 강의를 보고 해당 책을 찾는 이용자들이 늘어 수서 담당 선생님은 강사님이 읊어준 클래식 책 시리즈를 전부 구매했고, 강사님의 열렬 시청자들은 '두 배로 데이'를 활용해 이 시리즈 책을 전부 대출하기도 했다. 가장 기본적인 서비스인 도서 대출까지 문화 프로그램이 제대로 영향을 미쳐 도서관이 제 역할을 해낸 것이다. 이는 사서로서 인문학이 이용자들에게 가닿는 순간을 두 눈으로 포착하는, 무엇과도 바꿀 수 없는 뜻깊은 순간이었다.

이러한 현상은 한 분야에만 국한되지 않았다. 쇼팽에 관한 강의가 진행된 주에는 그의 연인이었던 소설가 조르주 상드의 문학작품으로 이용자들의 관심이 이어졌다. 여전히 고전이 주는 음악과 문학이 현대에 와서도 회자되어 인문학이 우리에게 주는 영향과 그 의미를 되새겨보게 했다. 더불어 재미 위주의 소설이나 에세이만 편식하던 나도 고전문학에 관심을 갖게 되었고, 관심 분야가 넓어지면서 이전엔 신기하고 신비롭게만 느껴졌던 인문학 광(?) 이용자와의 소통도 좀 더 수월해졌다. 그렇게 우리 도서관이 추구하는 방향에 대한 이해가 깊어질수록 대치도서관에 대한 나의 애정도 커져만 갔다. 너무도 멀게만 느껴졌던 인문학이 '사서'로서의 나와 '한 사람'으로서의 내 삶까지 조금씩 변화시키고 있다는 것을 비로소 느낄 수 있었다.

## 도서관은 빨간 날에도 멈추지 않아

내가 대치도서관에서 영상 편집 업무를 담당하기 전 가장 먼저 맡은 업무가 있었다. 바로 SNS 관리자 역할이다. 우리 대치도서관 식구 중 가장 막내인 내가 SNS에 제일 능숙할 것 같다며 관장님께서 맡긴 업무였다. 기존에 운영하던 페이스북 페이지와 네이버 카페가 있었지만 도서관이 문을 닫은 이후 비대면 서비스를 본격적으로 확대하기 위해 2020년에 처음으로 대치도서관의 인스타그램 계정을 개설했다.

평소 SNS를 즐겨 하긴 했지만 개인적으로 게시물을 자주 올리지는 않아 이 또한 능숙하게 운영하기까지는 많은 검색과 유튜브를 통해 배워야만 했다.

비즈니스 계정은 일반 개인 계정과는 달랐고, 스토리나 프로필 링크를 통해 홍보해본 적도 없던 나는 대치도서관 페이스북 페이지를 인스타그램 계정과 연동시키는 것부터 시작해 알림 설정, 동영상과 사진을 동시에 올릴 때 비율을 맞추는 법 등 인스타그램의 기능들을 하나하나 익혀나갔다.

SNS 관리는 업무 중 비교적 쉬운 축에 속할 것이라 예상했지만 생각보다 신경 써야 할 부분이 많았다. 개관과 휴관을 반복하면서 급하게 도서관 관련 공지를 올릴 때는 휴무나 공휴일에 상관없이 집에서도 SNS에 게시물을 업로드해야 했고, 도서관 관련 문의를 홈페이지나 전화가 아닌 다이렉트 메시지나 댓글로 남긴 경우에는 업무 시간 외에도 신경이 쓰일 수밖에 없었다.

또한 SNS에는 항상 편집한 영상의 썸네일을 함께 업로드했는데 '길 위의 인문학' 프로그램 외 대치도서관에서 진행하는 특강이나 행사의 경우 내가 썸네일을 직접 제작했다. 썸네일은 겉보기엔 간단해 보여도 오히려 간단해 보이게 만드는 작업이 더 쉽지 않았다. 유튜브에서 눈에 잘 띄는 썸네일들은 내용을 잘 전달하면서도, 영상을 누르고 싶게 만드는 느낌이 강한데 그러기 위해선 디자인 실력만이 아닌 사람을 끄는 센스가 필요하다는 것을 알았다.

라이브 방송으로 진행한 행사의 썸네일을 만들 때는 방송 중 한 장면을 선택해 출연자들이 모두 동시에 웃고 있으며 눈을 감지 않은 순간을 포착해야 했고, 특강 프로그램의 경우 관련 이미지를 사용할 때 저작권을 위배하지는 않는지 꼼꼼히 확인해야만 했다.

이렇게 제작한 영상은 어느새 총 80강이 되었다. 영상이 올라갈 때마다 이용자들이 바로 시청할 수 있도록 SNS에도 동시에 링크를 추가하고, 유튜브의 재생 목록 순서가 잘못되진 않았는지, 해시태그는 적절하게 달았는지도 잘 확인해야 했다. 그래도 열심히 홍보를 하다 보면 조회 수가 눈에 띄게 많이 올라 확실히 보상받는 기분이 들었다. 일반적인 도서관 통계와는 달리 유튜브 조회 수만큼은 정직하게 이용률과 이용자들의 관심도를 확인할 수 있다는 장점이 무엇보다 좋았다.

시간이 지날수록 편집한 영상 수가 늘어나 PC는 결국 용량을 감당하지 못했고, 영상만 따로 보관할 외장하드를 새로 구입해야 할 지경에 이르렀다. 용량이 가득 채워진 만큼 나의 영상 편집 내공도 차곡차곡 쌓여가는 느낌이었다.

열심히 편집한 영상이 날아가 처음부터 다시 편집했던 일도, 업로드 일에 연휴가 겹쳐 도서관에 홀로 남아 야근했던 일도, 변환시간을 기다리며 노트북을 켜고 잠들었던 일도 지금에 와서 생각해보니 모두 재미있는 추억으로 남았다. 힘들었지만 누구보다 보람찬 시간을 보낸 듯하다.

사서는 여전히 다른 직업에 비해 비교적 편한 직업이라는 인식이 많다. 하지만 이 글을 보고 나면 이제는 사서가 가만히 앉아서 책만 빌려준다는 단순한 편견에서 벗어나지 않을까 싶다.

도서관 문은 닫혀 있어도 우리 사서들은 언제나 '대치' 중이니까.

사서 정윤정

# 3장

# 사서의 시간

# 익다 씨의 책 읽는 강남

## 우리 도서관의 대표 서비스

내가 몸담은 강남구립도서관은 다른 지역에 비해 도서관 규모가 작은 반면 도서관 수가 많아 주민들의 접근성이 높은 편이다. 같은 구에 위치하고 있지만 지역마다 특색이 다른 만큼 공통된 도서관 운영 규칙 안에서 관마다 특화된 서비스를 제공한다. 각 도서관의 특성을 살려 특정 분야의 도서를 집중적으로 구입하는 '분담수서'와 특정한 주제에 맞는 여러 책을 선별해 독자에게 제안하는 '북 큐레이션'은 강남구립도서관이 내세우는 대표적인 서비스다.

도서관에서 진행하는 북 큐레이션은 단순히 책 추천을 뛰어넘어 예술 작품 전시를 접목해 운영하는 등 날로 방식이 진화하고 있다.

강남구립도서관은 2018년부터 하나의 통일된 주제를 바탕으로 각 도서관의 분담수서 영역에 따른 '강남구립도서관 통합 북 큐레이션' 서비스를 제공하고 있다.

지금부터 강남구립도서관이 자랑하는 도서 추천 서비스인 '강남구립도서관 통합 북 큐레이션 : 익다 씨의 책 읽는 강남'의 주인공 익다 씨의 탄생부터 현재까지 익다 씨의 일대기를 다뤄보고자 한다.

## 익다 씨의 탄생

관장님들을 중심으로 2018년 처음 시작된 강남구립도서관 통합 북 큐레이션은 매월 관장 회의를 거쳐 대표 주제가 선정됐다. 선정된 주제를 반영해서 자관의 특성화 분야에 맞는 도서를 추천하고, 각 도서관에서 추천된 도서를 취합해서 이용자들에게 제공했다.

예를 들면 대치도서관의 분담수서 영역은 인문학이며, 그중에서도 철학을 집중적으로 구입한다. 통합 북 큐레이션이 처음 시작된 2018년 7월 대표 주제는 '생각'이었다. 생각과 관련된 인문학 분야 책 중에서 대치도서관은 김경집 교수의 〈생각의 융합〉을 추천 도서로 선정했다.

해가 바뀌면서 새로운 방식의 통합 북 큐레이션 진행을 위해 각

도서관 과장들이 차출되었다. 우리 팀의 리더로 청담도서관 박 과장이 총대를 메주었다. 지금까지 시도되지 않았던 새로운 방식의 북 큐레이션을 위해 각 도서관의 사서 과장들이 의기투합하여 머리를 맞댔다. 우리는 어떻게 하면 이용자들의 시선을 사로잡는 새로운 북 큐레이션을 운영할 수 있을까를 고민했다.

박 과장이 운영과 관련해서 질문을 던졌다.

“우리 어떻게 운영하는 게 좋을까요?”

“일단 매월 바뀌던 대표 주제를 분기별로 바꾸는 건 어떨까요? 매월은 주기가 너무 짧은 것 같아요. 홍보도 되기 전에 주제가 바뀌어 전시 기간을 좀 늘리는 게 좋을 것 같은데 어떻게 생각하세요?”

“맞아요. 기본 대출 기간을 고려해서 주기를 좀 늘리는 게 좋을 것 같아요.”

“좋아요. 그러면 분기별로 진행하기로 하고 뭔가 포맷을 달리해야 할 것 같은데 다들 생각해오신 거 있으세요?”

“스토리가 있는 북 큐레이션은 어떨까요?”

먼저 새롭게 진행될 통합 북 큐레이션의 콘셉트를 잡아보기로 했다. 각자 생각해온 내용을 공유하던 중 좋은 아이디어가 나왔다.

도서관 이용자들에게 익숙한 꾸뻬 씨, 좀머 씨 등 책 속 주인공들의 느낌으로 친숙함을 줄 수 있는 캐릭터를 자체적으로 제작해서 공감대를 형성해보자는 의견에 모두 동의했다. 강남구립도서관만의 캐릭터를 만들어 흥미와 재미를 주고 나아가 스토리가 가진 힘으로 강남구립도서관의 특징을 부각해 운영한다면 특색 있는 북 큐레이션이 될 것이라는 의견이었다.

"캐릭터 이름은 익다 씨로 하는 게 어때요?"

"익다 씨요? 뭐가 막 익나요?"

"'책을 읽다'와 '과일이 익다' 할 때 발음이 비슷한 '익다'요. 우리 주변에 살며 책을 읽고 독서를 통해 마음도 익고, 지식도 익는 사람! 책 읽는 익다 씨!"

"오~!!! 좋다 과장님!"

"분기별로 우리 주변에서 흔히 일어날 수 있는 상황과 고민을 스토리로 작성하고 그 스토리 안에 주제 키워드를 담으면 스토리가 있는 북 큐레이션이 완성되겠네요."

"좋네요. 그럼 이제 키워드를 뽑아봅시다!"

도서 추천에 꼭 필요한 키워드는 관장님이 넘겨준 자료를 참고해 전방향독서가 가능한 것들로 선정하기로 했다. 인터넷과 관련 도서로 사회 전반의 라이프스타일과 트렌드를 반영한 키워드를 선별해서 스토리를 짜보기로 했다. 스토리 안에 녹아 있는 키워드를 바탕으로 도서관별 분담수서 영역에 맞는 도서를 추천하고 취합해서 제공하기로 의견을 모았다.

며칠 뒤 박 과장이 작성한 강남구립도서관 통합 북 큐레이션 운영 계획서를 바탕으로 관장님과 과장 몇 명이 모인 연합 회의가 대치도서관에서 진행됐다. 과장 회의를 통해 정리된 내용은 관장님들과 함께하는 회의를 거치며 더 구체화되었다. 몇 가지 항목들을 수정한 후 확정된 '2019년 강남구립도서관 통합 북 큐레이션 : 익다 씨의 책 읽는 강남'의 진행 방법은 다음과 같다.

1. 주기는 분기별로 진행
2. 대표 주제를 바탕으로 주제와 관련된 키워드를 선정
3. 선정된 키워드에 맞는 도서관별 분담수서 영역의 대표 도서 한 권씩 추천
4. 취합된 도서관별 대표 추천도서 16권 중 과장 회의를 거쳐 최종 6권 선별
5. 원활한 도서 회전을 위해 선정된 6권을 전체 도서관에서 2권씩 구입, 비치
6. 대표 도서 외의 도서는 각 도서관의 분담수서 영역에 제한 없이 전시
7. 홍보는 포스터, 배너, 홈페이지로 통일하고 익다 씨 캐릭터를 적극 활용

익다 씨 캐릭터

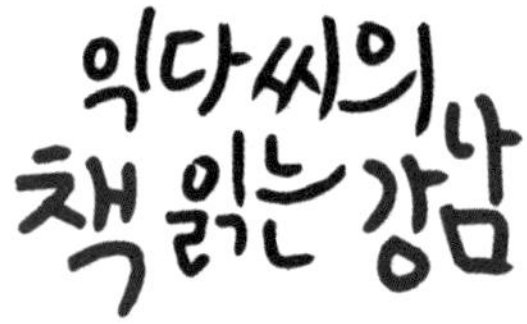


타이틀 이미지

분기별 스토리는 담당인 박 과장이 작성하기로 하고, 제일 중요한 익다 씨 캐릭터는 직원 대상의 공모 형식으로 선정하기로 했다.

상금이 걸린 치열한 공모전이었다. 직원들의 투표를 통해 행복한 도서관 사서 과장이 제출한 디자인이 익다 씨의 캐릭터로, 세곡도서관에서 제출한 손글씨가 타이틀 이미지로 선정되었다. 뜨겁고 치열했던 회의와 투표를 통해 익다 씨가 탄생하는 감격스러운 순간이었다.

익다 씨와 함께하는 강남구립도서관 첫 통합 북 큐레이션의 추천 도서와 스토리는 다음과 같다.

### 2019년 강남구립도서관 통합 북 큐레이션 2분기 추천 도서

| | 책 제목 | 지은이 | 출판사 | 분담수서영역 |
|---|---|---|---|---|
| 1 | 나는 어린이입니다 | 콜라스 귀트망 | 베틀북 | 아동문학 |
| 2 | 나를 사랑하지 못하는 나에게 | 안드레아스 크누프 | 걷는나무 | 심리학 |
| 3 | 알고리즘, 인생을 계산하다 | 브라이언 크리스천 외 | 청림출판 | 컴퓨터과학 |
| 4 | 완벽하지 않아도 괜찮아 | 박미라 | 휴 | 육아 |
| 5 | 일하는 마음 | 제현주 | 어크로스 | 사회과학 |
| 6 | 헤르만 헤세처럼 그려라 | 김청영 | 자유문고 | 예술 |

## 2019년 강남구립도서관 통합 북 큐레이션 2분기 스토리

나의 가치를 지켜내는 책 읽기
"당신의 인생은 어디를 향하고 있나요?"

어느덧 4월이 왔지만 직장과 집을 오가는 일상의 연속이다. 올해 초 세웠던 계획도 잠시 미뤄둔 채다. 줄지 않는 업무에 스트레스가 쌓이고 잦은 야근에 지쳐버린 몸과 마음 때문에 다른 여유가 생기지 않는다. 더 좋은 조건의 회사로 이직하는 동료, 열정과 패기를 장착한 능력 있는 신입사원을 보면서 **'내가 하는 일이 과연 나에게 맞는 걸까? 나는 내가 원하던 인생의 방향으로 잘 가고 있는 걸까?'**라는 고민을 하게 된다. 잠시만 멈추어 서서 누군가 만들어놓은 잣대에 미치지 못한다고 실망하지 않고, **지금도 충분히 잘하고 있다는 응원과 내 삶에서의 행복을 찾고 싶다.** 이번 휴일에는 도서관에 들러 내 인생을 돌아볼 수 있는 책을 찾아봐야겠다.

**#자아발견 #자존감 #본질 #나 #정체성 #행복 #취미활동 #꿈**

## 사랑받는 익다 씨

2019년 강남구립도서관 통합 북 큐레이션은 순조롭게 진행됐다. 우리는 분기별 회의를 통해 키워드 선정과 박 과장이 작성한 스토리를 함께 읽으며 수정이나 보완할 내용은 없는지 체크했다.

어느 날 통합 북 큐레이션 홍보 건으로 회의를 하던 중 문득 익다 씨 캐릭터를 활용한 이벤트를 진행해보면 어떨까 하는 생각이 들었다. 이용자들에게 동기부여도 되고 어느 정도 홍보에도 효과가 있을 것 같아 작은 이벤트를 제안했다.

"우리 이용자들을 대상으로 작은 이벤트를 진행해보면 어떨까요?"

"어떤 이벤트요?"

"선정 도서를 읽은 분들에게 감상문을 받아서 우수 감상문을 작성하신 분께 선물을 드리는 이벤트요. 동기부여도 되고 익다 씨 홍보도 되고 좋을 것 같은데요."

"아~ 좋네요~! 어떤 선물을 주면 좋을까요?"

"익다 씨 캐릭터를 활용한 브로치 어때요?"

"그건 활용도가 너무 낮아요. 별로 안 좋아하실 것 같아요."

"책 모양 등은 어때요? 무드등이요."

추진력 있는 박 과장은 당장 무드등을 검색해 카톡 단체방에 올렸다. 이벤트 진행을 알리는 홍보 포스터를 제작해 눈에 잘 띄는 곳에 게시하고 각 도서관 SNS에 홍보물을 업로드했다. 몇 달 후 받아본 증정용 무드등에는 귀여운 익다 씨가 몇 번의 수정을 거쳐 제 위치를 잡고 예쁘게 프린트되어 있었다. 심혈을 기울인 익다 씨 무드등은 연말 우수 감상문을 작성해주신 이용자 다섯 분께 선물로 전달됐다.

이벤트 진행뿐만 아니라 어떻게 하면 익다 씨를 주민들에게 제대로 소개할 수 있을지에 대한 고민도 함께했다. 마침 그해 7월 도서관리 프로그램과 홈페이지의 대대적인 개편이 예정되어 있었다. 기회는 이때다 싶어 통합 및 개별 도서관 홈페이지 메인 화면에 '강남 북 큐레이션' 코너를 신설했다. 각 도서관 분담수서 영역별 추천 도서를 한눈에 볼 수 있도록 이미지화해서 접근성을 높이고자 했다.

도서관 내에서만 제공되던 북 큐레이션을 외부로 노출하는 시도도 함께했다. 구청에서 강남구민회관 로비에 작은 도서관을 만들어 줄 수 있느냐는 제안을 해왔다. 생각보다 공간이 넓어 어떤 내용으로 서가를 채울까 고민하던 차에 익다 씨가 떠올랐다. 관련 부처와 협의 끝에 북 큐레이션으로 진행하기로 했다. 외부에서 진행되는 북 큐레이션인 만큼 강남구립도서관 통합 북 큐레이션을 상징하는 익다 씨의 이야기로 공간을 채운다면 주민들에게 도서관을 알리는 좋은 기회가 될 것이다. 강남구민회관에서 위치상 가까운 대치도서관, 행복한도서관, 즐거운도서관이 함께 힘을 합쳐 진행하기로 했다. 강남구립도서관 통합 북 큐레이션팀 팀장 박 과장도 함께해주었다.

그동안 통합 북 큐레이션에 선정됐던 도서 목록을 취합해 전시용 도서를 주문하고 각종 오브제를 함께 전시해 미적으로도 보기 좋은 북 큐레이션을 진행하기로 했다. 강남구민회관 로비에 전시되는 만큼 강남구의 정책 비전을 참고해 키워드를 선별했다. 공감, 미래, 포용, 환경 크게 네 가지로 구분해서 도서를 분류하고 그중 큰 콘셉트를 환경에 맞추어 자연과 인간의 공존을 주제로 화분과 집, 동물 등 여러 오브제를 비치해 책과 자연이 함께하는 작은 마을로 구현해냈다. 텅 비었던 로비가 강남구의 특색을 살린 멋진 공간으로 채워진 모습을 보니 뿌듯함이 밀려왔다. 이렇듯 강남구립도서관 통합 북 큐레이션은 장소와 공간을 가리지 않고 확장해나감으로써 주민들 곁으로 다가가고 있다.

강남구립도서관 직원들의 고민과 정성으로 탄생한 익다 씨는 우리 자신이며 친구이자 가족과도 같은 존재다. 익다 씨를 향한 우리의 애착은 현재진행형이다. '익다' 씨가 주민들에게 책으로써 널리 이익을 주는 사랑받는 캐릭터로 성장할 수 있도록 강남구립도서관 직원들의 노력은 앞으로도 계속될 것이다.

## 성장하는 익다 씨

어김없이 또 한 해가 가고 2020년도 흘러갔다. 그리고 찾아온 2021년도 우리는 지금도 '익다' 씨와 희로애락을 함께하고 있다.

2020년 통합 북 큐레이션 키워드는 그해의 이슈를 자료와 인터넷 검색을 통해 예측 가능한 것 중 1차로 골라서 선정했다. 1차 선정 키워드 중 연관된 것들을 묶어 분기별 대표 주제 4개로 갈무리해보니 꽤 그럴듯했다.

큰 틀은 2019년과 같이 가되 몇 가지를 수정해서 반영하기로 했다. 먼저 분기별 스토리를 빼고 각 도서관 분담수서 영역별 도서 선정이 수월하도록 대표 주제와 연관된 키워드를 다양하게 선별했다. 또 6권의 선정 도서를 2권씩 비치하는 대신 다채로운 분야의 도서를 추천하기 위해 별도의 선정 과정 없이 취합된 16개 관의 추천 도서를 모두 반영하기로 했다. 그 결과 선정된 도서의 수가 기존 6권에서 16권으로 늘어나 더 많은 분야의 책을 이용자들에게 추천할 수 있었다.

박 과장은 본인이 근무 중인 청담도서관에서 추천하는 도서를 유명 인터넷 포털 사이트의 인공지능 더빙 플랫폼을 활용한 영상 콘텐츠로 제작해서 유튜브에 업로드했다. 그 결과 해당 포털 사이트의 플랫폼 활용 우수 사례로 선정되어 공식 SNS에 업로드되었다. 해당 게시물은 지금도 높은 조회 수를 자랑한다.

2021년 통합 북 큐레이션은 사전에 진행된 직원 대상 설문조사 결과를 반영해서 추천 도서 취합 양식 등 일부를 수정했다. 2021년에는 '20-21 책과 LIFE를 잇다'라는 주제로 운영될 예정이다.

도서의 내용과 주제에 국한되지 않고 제목, 형태, 디자인, 출판 배경, 저자, 편집, 그림 등 다양한 시각에서 책을 바라보고 양서를 추천함으로써 다방향 북 큐레이션을 시도해보려 한다.

앞으로도 꾸준한 도전과 새로운 시도를 통해 주민들에게 양질의 도서를 추천하고 제공할 계획이다. 도서관을 사랑하고 책을 사랑하는 이 시대의 모든 익다 씨를 응원하며 여러분과 함께 성장하는 도서관이 될 수 있도록 노력할 것이다.

과장 이숙진

# 프로그램 담당 사서로 살아남기

## 도전! 프로그램 담당 사서

어느 공공 도서관이든 불문하고 대출 순위 상위권에 있는 책들이 있다. 바로 〈Why 시리즈〉, 〈마법천자문〉, 〈내일은 발명왕〉 등 학습만화다. 그중에 〈서바이벌 만화 과학상식〉은 '~에서 살아남기' 시리즈로 유명하다. 아쉽게도 내가 있는 대치도서관에는 그 시리즈가 없지만, 나는 매일매일 대치도서관에서 프로그램 담당 사서로 살아남기를 써 내려가고 있다.

나날이 기술은 발전하고, 사람들은 책이 아니어도 손안의 휴대폰으로 모든 정보를 검색하고 알아낼 수 있다. 무겁고 두꺼운 책 대신 휴대폰으로, 태블릿PC로 책을 본다. 2019년 국민독서실태조사에 따르면, 지난 1년간 성인의 종이책 독서율은 2017년 조사 결과보다 7.8%가, 초중고교 학생은 1.0%가 줄었다. 반면 전자책 독서율은 성인이 16.5%, 학생은 37.2%로 2017년도 조사 대비 각각 2.4%, 7.4% 증가했다.

책이 아니어도 놀 거리가 넘쳐난다. 같은 조사에서 평소 책 읽기를 어렵게 하는 요인을 꼽는 질문에 성인들은 '책 이외의 다른 콘텐츠를 이용한다(29.1%)'고 가장 많이 답했다.

도서관이 책에만 한정된 서비스를 제공하는 데에는 한계가 있다는 뜻이기도 하다. 복합문화공간으로서 도서관의 역할이 더욱 강조되면서 다양한 문화 프로그램들을 기획, 운영하고자 하는 움직임이 활발하다. 그리고 지금 나는 대치도서관의 문화 프로그램 담당 사서로 일하고 있다.

대치도서관은 강남구립도서관 내에서도 문화 프로그램이 많기로 유명했다. 이곳으로 발령받아 인수인계하던 날, 전임 사서 선생님이 10여 개에 가까운 상설 프로그램에 대한 설명을 자료도 없이 술술 하는 것을 보고 입이 떡 벌어졌다. 선생님은 각 프로그램의 주기, 일정을 비롯해서 각각의 강사와 수업별 특징까지 꽉 꿰고 있었다.

'내가 과연 할 수 있을까?' 문화 프로그램을 관리하는 일은 사서의 업무 중 하나였다. 즉, 대출반납을 비롯한 도서관 업무 전반을 동반해야 한다는 뜻이다. 아! 여기서 하나 짚고 넘어갈 것은 이때만 해도 대치도서관의 사서는 2명뿐이었다. 지금은 인원이 많이 늘어서 문화 프로그램 업무만 담당하고 있다.

새롭게 바뀐 환경인 데다 기존에 일했던 곳보다 규모도 크고, 이용자 수도 더 많아 매일이 고난의 연속이었다. 게다가 문화 프로그램 '관리' 업무에서 '관리'라는 단어는 내 생각보다 훨씬 많은 것들을 포함하고 있었다.

도서관에서 문화 프로그램을 진행하기 위해 가장 먼저 할 일은 어떤 프로그램을 진행할지에 대한 기획이다. 프로그램이 정해지면 어느 강사를 섭외할지, 무슨 요일, 몇 시에 할지, 모집 대상과 인원은 어떻게 할지를 정해야 한다. 사실 이 부분은 관장님이 맡아주고 계시다.

큰 틀에서 프로그램 기획이 어느 정도 정리가 되면 그다음은 내 차례다. 프로그램의 개요가 담긴 계획서를 작성하고, 홍보용 포스터를 제작한다. 대상에 해당하는 도서관 회원들에게 홍보 문자를 보내고, 홈페이지에 포스터를 업로드한다. 프로그램 접수일이 되면 이용자들의 신청을 받고 인원에 맞춰 출석부를 만든다. 대기 신청도 받기 때문에 혹시라도 취소하는 신청자가 있으면 대기자에게 바로 전화해줘야 한다. 선정도서나 준비물이 있으면 수업 전 준비할 시간을 계산해서 미리 안내 문자를 보낸다. 그리고 수업 전날 안내 문자를 한 번 더. '6/24(수) 오전 10시. ○○프로그램이 있습니다.

참석 바랍니다.'

수업 당일, 수업 시작 한 시간 전부터는 강의 준비를 해야 한다. 컴퓨터를 사용하는 강의는 미리 컴퓨터를 켜놓고, 마이크를 사용하는 강사가 있다면 미리 마이크를 충전해놓아야 한다. 수업 자료가 있으면 미리 출력해서 비치해놓는다. 그리고 프로그램 중간중간 들어가 잘 진행되고 있는지 슬쩍 살펴본 뒤 조용히 현장 사진도 찍는다. 보통 상설 프로그램의 경우 6차시로 진행되는데, 3~4차시 정도 진행되었을 때 다음 개강을 위해 강사에게 수업계획서를 받고 일정을 조율한다. 이런 과정이 보통 상설 프로그램 하나에 딸린 기본 루틴이다. 프로그램의 성격에 따라 조금씩 차이가 있지만 대개는 이런 과정을 통해 진행된다. 내가 처음 이곳에 왔을 때 독서동아리를 비롯해 상설 프로그램이 동시에 14개가 진행 중이었다.

## 숨겨진 미적 감각을 찾아서

첫 번째 고비는 홍보 포스터를 만드는 일이었다. 새롭게 개설하는 프로그램의 홍보 포스터 제작을 위해 제일 먼저 한 일은 컴퓨터 모니터를 멍하니 3분간 바라보기였다. 정말이지 어떻게 해야 하는지 감조차 오질 않아 멍하니 있었다. 그 모습을 가만히 지켜보던 관장님이 "강좌의 내용과 관련된 이미지를 찾아보고 여기에 이렇게 배치해보면 어떨까"라며 하나하나 알려주셨다. 사실, 학창 시절 미술 수행평가 점수를 생각한다면 홍보 포스터는 내가 만들 만한 것이 아니었다.

하지만 인터넷에 이런저런 포스터를 찾아보면서 깊숙이 숨겨져 있던 미적 감각을 깨워보려고 노력했다. 5년이 지난 지금도 못 찾고 있다는 건 비밀이다. 점차 시간이 지나자 어느 정도 홍보 포스터의 기본 틀을 이해하고, 이미지를 찾는 일도 아주 조금은 수월해졌다. 포토샵의 'ㅍ'도 몰랐던 내가 이제는 '포토' 정도까지는 알게 된 것도 같다. 지금은 다른 선생님이 포스터 제작을 담당하고 있다.

## 연간 공모사업 도전기

어느 정도 도서관 일이 손에 익었을 무렵, 두 번째 고비가 찾아왔다. 문화체육관광부나 한국도서관협회 등 기관에서 독서문화진흥을 위해 다양한 공모사업을 진행하는데, 대치도서관에서도 그 공모사업에 선정되어 '길 위의 인문학'을 진행하게 됐다. 2016년 처음 진행했을 때는 기존에 내가 맡고 있던 상설 프로그램보다 사업 규모가 크고 관리해야 할 것들이 많아서 경험이 많은 선생님이 맡았다. 2년이 지나 2018년부터 내가 '길 위의 인문학' 사업을 담당하게 됐다.

사업 계획서를 작성하는 일부터가 난관이었다. 게다가 2017년 대치도서관 길 위의 인문학이 문화체육관광부 장관상을 받은 터라 다음 해에 이어 맡은 나는 엄청난 부담감을 느꼈다. 상은 둘째 치더라도 공모사업 400개 관에서 떨어지면 어쩌나 하는 걱정이 앞섰다. 하지만 다행히 공모사업에 선정되었고 사업을 계속 진행할 수 있었다.

공모사업 선정 결과가 나온 뒤에는 정신없이 1년이 흘러갔다. 연간 사업이다 보니 이런 공모사업을 하나 맡으면 1년이 정말 순식간에 지나간다. 매주 월요일 오전 10시에 시작되는 강의를 준비하다 보면 어느새 또다시 월요일이다. 강사에게 강의안을 재촉해서 받아 들고 강의 인원수에 맞게 출력하고, 3시간 동안 치열하게 진행될 강의에 강사들과 참여자들이 지치지 않게 달콤한 다과도 준비한다. 이건 그냥 지나가는 이야기인데, 다과 준비를 위해 마트를 가면 정해진 다과비 예산 안에서 사야 했다. 그런데 마트는 물건 가격이 10원 단위로 떨어지는 것들이 많아 매번 휴대폰 계산기와 싸움을 하고, 매장을 여러 번 돌아다녀야 했다. "1,370원짜리는 뭐가 있지" 하면서 말이다. 그렇게 딱 맞춰서 산다고 해도 막상 계산대에 서면 이상하게 내가 계산한 금액과 차이가 나곤 했다. 내 계산 능력에 회의감이 들지 않을 수 없었다.

강의 시간이 다가오면 참석자들이 하나둘 도착하고 강의실 입구에서 출석 체크를 한다. 20주간 반복되는 일이다. 강의 중후반을 지나면 이용자들의 얼굴과 이름을 연결하는 게 가능해진다.

"○○○님이시죠?"

"어머, 선생님! 제 이름 어떻게 아셨어요?"

"에이, 자주 오시는데 알죠."

어느새 이용자들과 가벼운 인사와 너스레를 떨 만큼 친분을 쌓게 된다. 수업이 진행되는 동안은 수시로 강의실을 드나들며 수업 진행에 필요한 것은 없는지, 강의실 안이 덥지는 않은지, 수업 분위기는 어떤지 살핀다.

강의실에 들어가면 언제나 후끈한 열기가 나를 맞는다. 조용한 강의실 안에서 강사의 목소리가 울려 퍼지고, 50명이 넘는 참여자들의 눈빛이 반짝거린다. 강사의 설명이 끝나면 참여자들은 자기 생각을 스스럼없이 이야기한다. 강사가 대답하기도, 다른 참여자가 부가적인 설명을 하기도 한다. 쉬는 시간이 되어도 질문은 끝이 없고 강사도 자리를 지키며 끝까지 성의껏 답변한다. 이렇게 강의에 집중하고 있는 참여자들을 보노라면 보이지 않는 열기와 치열함이 나에게까지 전해졌다. 그들은 누구보다도 활동적으로 에너지를 발산하고 있었다.

20회 차의 끝이 보이면 참여자들을 대상으로 후기와 설문을 받는다. 이번 사업에 대한 이용자들의 평가를 받는 시간이다 보니 자연히 긴장될 수밖에 없다. 후기 종이와 설문 조사지를 그대로 책상 위에 두고 가는 분들도 있지만 대부분 한 자 한 자 정성껏 후기를 작성해준다. '강의가 너무 좋았다', '강사의 설명이 귀에 쏙쏙 들어와서 좋았다', '강의를 들을 수 있어서 너무 행복했다' 등 긍정적인 후기를 읽다 보면 자연스레 입꼬리가 올라간다. 내가 강의를 진행한 것도 아닌데 누군가에게 좋은 경험이 되었다는 사실만으로도 기분이 좋다. 간혹 '이런 프로그램을 진행해줘서 고맙다', '도서관 직원들 고생 많으셨다'는 후기를 보면 가슴 한쪽이 몽글해진다.

20회 차의 강의가 끝난 뒤에도 내 일은 끝나지 않는다. 그동안의 실적을 정리해서 사업 결과 보고서를 작성해야 한다. 그동안 썼던 영수증을 정리하고, 참여 인원을 다시 확인하고, 홍보 효과 등을 적고, 사업의 잘된 점과 아쉬운 점을 작성한다.

1년간 진행된 사업 전반을 다시 되돌아보는 시간이다. 그때의 나는 왜 그렇게 했을까 하는 아쉬움, 어쨌든 마무리했다는 안도감, 그리고 다음번에도 맡는다면 더 잘할 수 있을 것이라는 근거 없는 자신감까지 밀려온다. 사업 결과 보고서 작성을 마무리하고 길 위의 인문학 사업본부에 제출하고 나서야 비로소 공모사업은 마무리가 된다.

# 처음 뵙겠습니다, 소크라테스 님

길 위의 인문학 사업을 진행한 경험이 피가 되고 살이 되어 프로그램 진행 업무가 조금은 수월해졌을 무렵 나는 또 다른 도전에 맞닥뜨렸다.

2019년 새로운 공모사업으로 '인문독서아카데미'를 진행하고 그 후속 동아리 4개를 만들었는데, 각각의 동아리에 한 명씩의 사서가 참여하기로 한 것이다. 각 동아리는 철학/과학/예술/역사 분야의 독서토론 동아리였다. 나는 고민 끝에 철학동아리를 선택했다.

사실 대치도서관은 인문학을 특성화한 도서관이다. 장서를 구성할 때도 인문·철학 분야의 도서를 중점적으로 수서하며, 프로그램에서도 인문학 프로그램 비중이 굉장히 높다. 하지만 그런 도서관에서 프로그램 담당 사서로 있으면서도 나는 인문학에 대해 잘 몰랐다. 아니, 아직도 잘 모른다. 내겐 아직도 너무 어려운 분야가 인문학이다. 그런데 인문학 독서토론 동아리라니.

기존의 '관리'와는 다르게 직접 '참여'하기로 했으니, 이참에 인문학과 친해지기로 했다. 그래서 선택한 것이 인문학의 기본, 철학동아리였다. 큰맘 먹고 선택한 동아리였는데, 선정도서를 보고는 아주 잠깐, 정말 아주 잠깐 고민에 빠졌다.

철학동아리에서 선정한 도서는 〈소크라테스에서 포스트모더니즘까지〉였다. 장장 790페이지에 달하는 서양 철학사 개론서다. 서점에서 책을 사 들고 나오는데 손에서도 마음에서도 엄청난 무게감이 느껴졌다.

워낙 방대한 내용이다 보니 한 권의 책을 1년 동안 천천히 읽자는 취지에 맞춰 첫 모임은 1장의 내용을 바탕으로 진행하기로 했다. 다만 '천천히'의 의도가 내게는 다른 의미로 다가왔다. 고대 그리스 철학자의 이름은 누구의 이름도 빠르게 읽을 수가 없었다. 한 장 반 남짓 한 사람의 이야기를 이해하는 데 두세 번씩은 읽어봐야 했다. 그렇게 첫 모임 날이 다가왔다. 대부분 인문독서아카데미에 참여했던 분들이라 낯설지는 않았다. 하지만 13명이 참석한, 2시간이 조금 넘게 진행된 토론 시간은 내게 신선한 충격이었다.

"이 시기가 역사적으로…."

"그 시기라면 중국에서는…."

철학사와 세계사가 동시에 휘몰아쳤다. 동아리 회원들의 시대를 넘나드는 철학과 역사 이야기로 2시간여가 훌쩍 지나갔다. 정말 방청객이 된 심정으로 그 시간을 보냈다. 분명 재미있는 이야기는 아닌데 재미있게 들렸다. 책 내용이 재미있는 건지, 이야기를 나누는 이 시간이 재미있는 건지 헷갈렸다.

분명 철학에 문외한인 나에게 고대 그리스 철학자부터 이해한다는 것은 버거운 일이다. 하지만 첫 번째 모임 이후 이 동아리에서라면 다 이해하지는 못하더라도 선정도서 책 한 권은 읽을 수 있지 않을까 하는 작은 희망이 피어올랐다. 여전히 '인문학'이라는 단어가 주는 묵직함 때문에 위축되긴 하지만, 시작이 반이라 했으니 스며들 듯 천천히 해보려 한다. 마지막 790페이지를 넘기는 그날까지.

## 이젠 비대면이다!

연말부터 연초까지는 1년간의 프로그램 계획을 세우고 어느 정도 큰 틀에서 계획을 확정 짓는 일을 한다. 그렇다 보니 내 탁상 달력은 1월에 이미 12월까지 행사 계획들로 가득 차 있다. 그런데 2020년에는 의외의 복병이 생겼다. 새해와 함께 코로나19가 등장했다. 내가 만난 네 번째 고비다. 우리나라에 첫 번째 확진자가 나오고 우려의 목소리가 커질 무렵, 인근 송파구에서 확진자가 나왔다. 도서관 위치상 송파구 이용자들도 많아서 도서관은 즉각적으로 임시 휴관에 들어갔다. 그게 2월 6일이었다. 갑작스러운 결정에 도서관도 이른바 '멘붕'에 빠졌다.

우선 당장 잡혀 있는 동아리 참여자들에게 도서관 휴관 안내를 해야 했다. 연초다 보니 아직 상설 프로그램은 시작하지 않았고 동아리들만 진행 중이었다. 그리고 저자 강연으로 잡혀 있던 강사들께 연락을 드려 당분간 진행이 어려울 것 같다고 말씀드리고, 신청자들에게 행사 취소 문자를 보냈다. 2월 달력에 적혀 있던 행사들도 모두 수정테이프로 쓱 지워졌다. 금세 다시 열릴 줄 알았던 도서관 문은 일주일이 지나도, 한 달이 지나도 닫혀 있었다. 언제 열릴지 알 수 없는 일이다 보니 주어진 상황에 맞춰 대응해야만 했다.

도서 대출은 내일드림 서비스를 통해 예약 대출로 전환했는데, 문제는 프로그램이었다. 사람들이 모일 수 없으니 진행 방법에 대한 고민이 커졌다. 그렇게 우리도 비대면 프로그램을 진행하기 시작했다.

먼저 시작한 것이 '대치 링크 유(Daechi Link You)'였다. 2020년부터 우리 도서관은 1사서 1독서동아리를 진행할 계획이었다. 당장은 대면 서비스가 어려우니 프로그램 진행 내용을 카드뉴스로 만들어 홈페이지와 도서관 SNS에 올리는 것으로 시작했다. 6명의 사서가 하루씩 요일을 맡아 매주 새로운 내용을 카드뉴스로 제공하기로 했다.

나는 초등 1~2학년 대상의 독서동아리 '뚝딱뚝딱 생각공작소'를 맡아 매주 토요일에 한 권의 책과 함께 읽으면 좋을 만한 책들을 소개했다. 아이들과 그 시간에 직접 책을 읽고 싶었는데, 소개만 해주는 건 아무래도 아쉬움이 좀 남았다. 처음 몇 주만 진행하다 보면 되겠지 하던 것이 휴관이 길어지면서 24회까지 진행되었다. 개관 이후에는 프로그램을 진행할 예정이었던지라 홈페이지로 신청을 받았는데, 결국 친구들을 만나지 못했다. 2021년 프로그램에서는 꼭 만날 수 있었으면 좋겠다.

또 다른 비대면 문화 프로그램으로 유튜브를 통해 온라인 명강의 시리즈를 제공했다. 시리즈는 도서관에서 촬영했는데 어색하고 묘한 기분이었다. 촬영은 보통 프로그램이 진행되는 10시부터 시작했다. 코로나가 아니었다면 참여자로 북적거렸을 강의실에 촬영용 카메라와 관계자 몇 명만 휑하니 있는 모습이 어색했다. 2019년 하반기에 리모델링한 강의실이 더없이 쓸쓸해 보였다. 아직 새것의 티를 벗지 못한 빔프로젝터도, 반들반들 하얀 책상도. 항상 참여자들의 눈을 맞추고 이야기를 하던 강사도 반응 없는 카메라 앵글을 보고 이야기하는 게 어색한지 자꾸만 카메라 옆에 있는 관장님과 나를 찾았다.

코로나로 인해 문화 프로그램 진행 양상이 많이 바뀌었다. 잠시 지나가는 해프닝이면 좋겠지만 이제는 이러한 방식에 적응해야 할 것 같다. 코로나가 바꿔놓은 일상에 도서관도 예외일 수 없으며, 새로운 방식으로 이용자를 만나는 방식을 더 고민해보는 시간이 될 것 같다.

## 오늘도 살아남기는 진행 중

'고비'라는 단어는 약간은 부정적인 느낌으로 다가오는데 사실 고비의 사전적 의미는 '일이 되어가는 과정에서 가장 중요한 단계나 대목'을 말한다. 지금껏 거쳐왔던 네 번의 고비는 내가 프로그램 담당 사서로 성장하는 데 중요한 네 번의 계단이었다. 누군가에게는 별것 아닌 일들이었을지 모르겠지만 적어도 내겐 지금의 이 글을 쓰고 있는 오늘을 있게 한 중요한 순간들이었다. 아직도 나는 사서로서 성장하는 중이고, 그 큰 과정에서 본다면 프로그램 담당 사서로 일하는 지금도 하나의 고비일지 모른다. 하지만 지금껏 그랬듯이 한 걸음씩 걸어 나가보려 한다.

사서는 책을 많이 읽을 것이라는 선입견이 있다. 하지만 책보다 사업 계획서를 더 많이 보는 사서도 있다. MARC를 수정하는 것보다 기획안을 더 많이 수정하는 사서도 있다. 포스터 디자인을 찾아 사이트를 헤매고, 동영상 편집 기능을 초록 창에 물어가며 배우는 사서도 있다. 그렇게 문화 프로그램 담당 사서로서 살아남기는 오늘도 진행 중이다.

팀장 김윤미

# 영어 그림책 갖고 노는 사서

## '금손'이 아니어도 괜찮아!

"선생님~ 오늘은 뭐 만들어요?"

"저도 저거 만들고 싶어요!"

"노래 잘하면 만들기 할 수 있어요?"

"저, 저거 유치원에서 만들어봤어요!"

"남은 거 집에 가져가서 동생 줘도 돼요?"

만들기? 자칫 미술 시간으로 착각할 법한 대화지만, 놀랍게도 '영어' 시간이다. 영유아 대상 영어 그림책 동화구연 프로그램 '사서와 함께하는 Kids Fun English(이하 키즈펀)'에서 늘 주고받는 이야기다. 어쩌면 다음과 같은 궁금증이 일지도 모르겠다.

Q. 어쩌다 영어 시간에 미술 활동을 하게 된 걸까?

Q. 영어 그림책으로 무슨 만들기 활동을 할까?

그 내막은 엉덩이가 아픈 한 꼬마 아이의 이야기로 거슬러 올라간다.

"선생님~ 엉덩이가 아파요~"

이제 겨우 인생 5년 차 어린아이는 왜 엉덩이가 아플까? 당황스러우면서도 한편으론 아이의 투정이 귀여워 웃음이 절로 났다.

"저런~ 유진이는 왜 엉덩이가 아플까?"

"퀴즈 어려워요, 잘 모르겠어요."

"그랬구나, 우리 유진이가 퀴즈가 어려워서 엉덩이가 아팠구나!

선생님이 도와줄까?"

학창 시절 수업 시간에 좀이 쑤셔 엉덩이를 들썩였던 경험이 떠올랐다. 딱딱한 의자에 앉아 초침 소리에 온 신경을 집중하며 쉬는 시간만을 기다리는 것은 너무도 힘든 일이었다. 하물며 다섯 살배기 어린아이한테는 오죽할까? 1시간 동안 제자리를 지키는 건 인생에서 손꼽는 엄청난 도전일 것이다.

아이의 풀 죽은 표정을 보니 괜스레 욕심만 앞섰던 것 같아 미안한 마음이 들었다. 영어 단어 하나라도 더 가르쳐주고 싶은 게 선생님의 마음이지만 방법이 잘못된 게 분명했다. 어떻게 하면 아이들이 영어 그림책을 갖고 즐겁게 놀 수 있을까? 아이들의 눈높이에 맞는 활동을 고심하며 밤을 지새우다 문득 나라면 어땠을까? 다섯 살의 나라면, 일곱 살의 나라면 어땠을까 하는 생각이 들었다.

꽃무늬 색종이를 사려고 용돈을 모으던 초등학생의 나는 TV에 나오는 뚝딱이 선생님을 따라 만들기의 재미에 푹 빠져 있었다. 휴지심, 색종이, 빨대, 종이봉투 등 집에서도 쉽게 구할 수 있는 재료라서 따라 하기 수월했다.

20년의 세월이 흘렀지만 키즈펀 아이들도 어린 시절의 나와 같은 마음이 아닐까? 이따금 어린이실에서 누군가의 손때가 묻은 빨대 로켓, 돼지 저금통, 종이 가면 등 세상에 하나뿐인 장난감을 만날 때가 있다. 뭔가 어설프지만, 애정이 듬뿍 담겨 있어 눈길이 절로 간다. 여덟 살의 내가 만들었던 장난감들과 유난히 닮아 이리저리 살펴보곤 이걸 만든 꼬마 주인이 꼭 찾으러 오길 맘속으로 바랐다.

영어 그림책을 보고 무엇을 만들지 정하려면 몇 가지 까다로운 절차가 필요했다. 물론 처음부터 이런 절차가 있진 않았다. 2년이 넘는 시간 동안 수많은 시행착오를 겪으며 세운 지침이다.

첫째, 재미다. 영어 그림책에 나오는 주된 인물이나 동물, 물건 등을 만들어 그림책에 대한 흥미를 자극한다. 가령 수박에 관한 그림책을 읽고 수박이 자라는 과정을 종이 머리띠로 만들어 두르거나, 우주에 관한 그림책을 읽고 일회용 접시로 우주선을 만들었다. 가장 반응이 좋았던 활동은 종이봉투 가면을 쓰고 다니는 한 소년의 이야기를 읽고 나서 만든 나만의 멋진 가면이다. 아이들 머리에

딱 맞는 종이봉투를 찾기 위해 이리저리 뛰어다닌 보람이 있었다.

둘째, 적당한 난이도다. 난도가 너무 낮으면 시시하고, 너무 높으면 금방 포기한다. 특히 유치원생들에게 가위질은 어려울 뿐만 아니라 자칫 위험할 수도 있어 모양이 단순하고 자르기 쉬운 것을 준비한다. 10명의 아이를 일대일로 다 봐주려면 몸이 10개라도 부족하다. 전체적으로 한 번 설명해주고, 강의실을 돌아다니며 어려워하는 부분을 도와줘야 아이들이 자립심도 생기고, 스스로 해냈다는 성취감도 느낄 수 있다.

마지막으로 시간 배분이다. 사실은 아직도 해결하지 못한 숙제다. 영어 그림책도 읽고, 퀴즈도 풀고, 노래도 부르면 남은 시간은 고작 20~30분이다. 아이는 어른보다 손은 느릴지라도 꼼꼼함은 절대 뒤지지 않는다. 수업이 끝나기 전 'Goodbye Song' 노래를 부르지만, 그 와중에도 색연필을 놓지 못하는 아이들이 있기 마련이다.

"우와~ 정말 멋지다! 그런데 어쩌지? 이제 집에 갈 시간이네?"

"싫어요, 이거 다하고 갈 거예요!"

시간을 넘겼지만 끝까지 마무리하고 가려는 아이들을 보니 기특한 마음도 들었다. 뒷정리할 동안 아이들도 자기만의 멋진 작품을 완성한다. 형 누나 동생에게 보여주겠다며 소중히 안고 가는 뒷모습이 대견하면서도 뿌듯한 순간이다.

"선생님~ 무서운 얘기해주세요!"

"핼러윈 영상 보여주세요!"

"우와! 우리 친구들 오늘 무서운 그림책인 거 어떻게 알았지?"

한여름 무더위를 시원하게 날려줄 오싹오싹 무서운 그림책! 핼러윈은 아니지만, 무서운 걸 좋아하는 아이들을 위해 평소와는 다른 그림책을 준비한다. 대니얼 포스트게이트(Daniel Postgate) 작가의 〈The Hairy Toe(털북숭이 발가락)〉는 털북숭이 발가락을 잃어버린 괴물에 관한 이야기다. 어느 날 콩을 주우러 나온 할머니가 우연히 발가락을 주워오면서 밤새 무시무시한 괴물에게 시달린다.

"Where's my Hair-r-ry To-o-oe? Who's got my Hair-r-ry To-o-oe?"

(내 발가락 어딨어? 누가 내 발가락 가져갔어?)

목소리를 한껏 무섭게 내리깔고 주특기인 괴물 목소리를 낸다. 꺅! 옆자리 짝꿍을 부여잡지만, 뒤에 어떤 일이 벌어질지 괴물이 털북숭이 발가락을 찾을지 할머니를 잡아먹을지 반짝반짝 빛나는 두 눈에는 호기심이 가득하다.

"Oh, no! The monster lost all of his toes in this classroom! Let's help the monster to find his hairy toes!"

(오, 안 돼! 괴물이 교실에서 발가락을 몽땅 잃어버렸대! 발가락을 찾을 수 있게 괴물을 도와주자!)

강의실에 엄청난 보물이라도 숨겨놓은 듯 아이들은 사방팔방으로 흩어진다. 강의실 곳곳에 숨겨진 털북숭이 발가락은 총 20개! 책상 밑, 서랍 안, 의자 뒤, 칠판, 벽, 문, 캐비닛 등 두 눈을 크게 뜨고 샅샅이 살펴야 찾을 수 있다. 아이들과 마지막 남은 하나까지 찾아내 다 함께 개수를 세어본다.

"One, Two, Three … Twenty!"

"Yeah! We did it!"

"선생님~ 그럼 밤에 괴물 안 찾아오는 거죠?"

"선생님! 발가락 집에 가져가도 돼요?"

무시무시한 괴물의 발가락도 찾고, 숫자도 배우고! 무엇보다 친구들과 열심히 뛰어다니고 나니 언제 졸렸냐는 듯 두 눈이 초롱초롱하다. 빼근했던 엉덩이 병도 씻은 듯이 나았다.

"Everyone, come in. Gather around!"

(친구들 여기 모여봐요!)

이마에 땀방울이 송골송골 맺힐 정도로 실컷 뛰어노는 날이 있다면, 옹기종기 모여 앉는 날도 있다. 강의실 불을 모두 꺼 깜깜해진 어둠 속에 동그란 빛이 새어 나온다.

"Let's play with shadows!"

(다 함께 그림자놀이 해요!)

"Guess what this is?"

(이게 뭔지 맞춰볼래요?)

"Dog!! Bird!! Rabbit!!"

(강아지!! 새!! 토끼!!)

아이들이 하나둘 관심을 가지고 둥글게 모여 앉는다. 고사리 같은 손으로 선생님을 따라 나비, 강아지, 꽃게, 백조 등을 만든다. 필리파 레더스(Philippa Leathers) 작가의 〈The Black Rabbit(검은 토끼)〉에 나오는 토끼 그림자도 만들어본다. 어느새 각종 동물과 곤충들로 종이 안은 북적북적하다.

손으로 만들기 어려운 공주나 유령, 공룡, 자동차 등은 도안을 미리 준비했다. 종이에 비치는 커다란 그림자로 서로 역할극도 하고, 장난스레 다투기도 하다 보면 어느새 'Goodbye Song'을 부를 시간이다.

## Not Alone, But Together(혼자가 아닌 함께)

수업 시작 30분 전, 한껏 여유를 부리고 있는데 문이 벌컥 열린다.

"선생님, 아이들 벌써 도착한 것 같은데요?"

영문도 모른 채 허겁지겁 반짝이 망토와 고깔모자, 각종 교구를 챙겨 들고 강의실로 향한다. 멀리서부터 들려오는 아이들 웃음소리에 벌써 심장이 두근두근하다.

"Hello, Everyone!"

(여러분, 안녕!)

"Hi, Teacher~"

(안녕하세요, 선생님~)

모두의 시선이 일제히 한곳을 향한다. 기분 좋게 인사를 건네고 아이들과 한 명 한 명 눈을 맞춘다. 컴퓨터도 세팅하고, 아이들이 마실 물도 준비하고, 뒷정리할 쓰레기통도 가져와야 한다. 아이들 말에 맞장구치랴 준비하랴 등에서 한 줄기 식은땀이 흐른다.

"선생님~ 동그라미 칠래요!"

"선생님, 스티커 붙이고 싶어요~"

"오늘은 스티커 이마에 붙여야지!"

하마터면 출석 체크도 안 하고 시작할 뻔했다. 출석부를 펼치자 정은이와 수현이가 벌써 볼펜을 쥐고 대기하고 있다. 오늘은 어떤 동그라미를 그려줄까?

보통 출석부는 아이들 손이 닿지 않는 곳에 두기 마련이다. 하지만 키즈펀에서는 자유롭게 돌려보며 서로의 이름을 확인한다. 혼자가 아닌 '함께' 수업을 만들어가는 과정의 첫 단추인 셈이다. 한참 만에 돌아온 출석부는 한층 너덜너덜해졌지만, 출석부 뒷면에 그려진 커다란 하트만큼 아이들의 사랑이 담겨 있다. 간혹 이름이 안 보일 정도로 하트와 별을 수놓는 아이들이 있지만 말이다.

이름표 스티커를 붙일 때도 아이들의 귀여운 장난은 계속된다. 가슴팍에 붙이는 아이, 이마에 붙이는 아이, 장난감에 붙이는 아이까지 10명 모두 제각기 다르다는 게 신기할 따름이다. 가장 놀라웠던 건 바로 활동지 이름 칸에 붙이는 거였다! 강의실을 돌아다니며 활동지를 봐주다가, 이름 칸에 떡하니 붙어 있는 내 글씨를 보자 아이의 영특함에 입을 다물 수 없었다.

“선생님! 물 흘렸어요!”

“와! 워터파크다!”

“물놀이 가고 싶다~”

“나 수영할 줄 아는데!”

때아닌 물난리에 어수선하다. 물을 마시다 바닥에 엎지른 모양이었다. 당황한 아이를 괜찮다고 다독이고 두루마리 휴지를 손에 둘둘 말아왔다. 서둘러 물을 닦기 위해 구부려 앉자, 아이들이 하나 둘 동그랗게 에워쌌다. 그때 옆에서 휴지를 야무지게 쥔 조그만 손이 튀어나왔다. 키즈펀에서는 선생님 다음으로 최연장자인 지윤이었다. 평소 씩씩하고 동생들을 살뜰히 챙기는 모습이 대견했다.

“어머, 지윤이가 선생님 도와주는 거야?”

“저도 할래요!”

"저도요!"

"빨리 닦고 만들기 할래요~"

깜짝 놀라 토끼 눈을 했던 아이도 어느새 친구들과 웃으며 한바탕 물놀이를 즐기고 있었다. 선생님도 돕고 놀란 아이도 다독이는 아이들의 모습에 가슴이 찡했다.

첫 수업을 준비할 때만 해도 혼자 앞에 서서 어떻게 1시간을 이끌지 고민이 많았다. 수업 시간이 남으면 어떡하지? 아이들이 심심해하거나 집에 가고 싶어 하면 어떡하지? 하지만 걱정이 무색하게도 단 1분 1초도 혼자였던 적은 없다. 언제나 곁에는 아이들이 있었고, 서로 돕고 배우며 이끌어주고 있었다.

해를 거듭하며, 삐뚤빼뚤 이름을 쓰던 아이가 일곱 살이 되고, 이듬해 학교에 입학하며 수업에서 더는 못 만나게 되었다. 강의실을 떠나 이제 도서관에서 만날 테지만 헤어짐은 늘 아쉽기 마련이다. 그림책이 유난히 커 보였던 꼬마 아이들이 먼 훗날 어떤 어른으로 성장해 돌아올지 기대된다. 하루가 다르게 성장하는 아이들처럼, 책 친구로서, 늘 같은 자리를 지키며, 새로운 책 친구들과 계속 성장할 수 있기를 소망한다.

Goodbye! See You Again!

사서 안의채

※ 본 글에 나온 인물들은 개인정보보호를 위해 모두 가명을 사용했습니다.

# 사서에게 물어보세요

## 질문이 등록되었습니다

카톡!

자주 연락하는 지인들이 있는 방은 모두 무음으로 해놓아 잘 울리지 않던 휴대폰이 경쾌하게 울린다. 누구에게 온 걸까? 궁금해하며 확인한 카톡은 국립중앙도서관에서 보내준 알림이다. 누군가 '사서에게 물어보세요'에 질문을 올린 모양이다. 이번엔 어떤 질문이 올라왔을까?

'사서에게 물어보세요'는 일반인들이 궁금해하는 지식과 학술정보에 대해 이용자가 해당 홈페이지에 질의하면 사서가 도서관 소장자료 및 온라인 정보자원 등을 활용해 답변해주는 서비스다. 질문을 받은 도서관은 정해진 기간 안에 답을 해야 하며 만약 처리가 어려운 경우 다른 도서관으로 답변 권한을 이관하는 '이첩' 기능을 사용하기도 한다. 질문자는 담당 사서가 올린 답을 이메일로 통보받고 만족도 조사에 참여해서 답변에 대해 평가할 수 있다.

나는 우리 도서관 '사서에게 물어보세요' 담당자다. 홈페이지에 질문이 등록되면 나에게 알림이 오고 답변을 할 것인지 이첩할 것인지 선택해서 처리한다.

## 우리는 동지

누군가에게 질문을 받는다는 것은 사서로서 영광스럽고 설레는 일이다. 그러나 객관적이고 검증된 내용의 답변을 제시해야 한다는 점에서 한편으로는 부담스럽기도 하다. 어떤 질문이든 명료한 답을 위해 철저한 사전 자료조사가 이루어져야 하며 이 과정에서 길게는 일주일의 시간이 걸리기도 한다. 그래서 가끔 업무가 많거나 먼저 처리해야 할 일이 있을 때 질문이 등록되었다는 알림을 받으면 '그냥 이첩할까'라는 생각이 들 때도 있다. 그러나 이용자의 질문에 답변하는 것 또한 나의 주요 업무 중 하나이며 답을 찾는 과정에서 배우는 것도 많아 가능하면 이첩하지 않고 직접 처리하려 노력한다. 그런데 이번 질문은 꽤나 난감하다.

나는 '사서에게 물어보세요' 관리자 화면을 띄우고 도서관 아이디와 패스워드를 입력한 후 로그인을 누른다. 처리할 질문 목록에 글이 하나 올라와 있다. 보통은 원하는 자료를 어디서 찾아야 할지 몰라 도움을 요청하는 글이 대부분이다. 이런 경우는 주로 석·박사 학위 취득을 목적으로 공부하는 학생들의 선행연구 자료조사가 큰 비중을 차지한다. 그러나 등록된 질문은 내가 생각했던 자료조사가 아닌 책 속 구절을 적어놓고 그 책의 제목이 궁금하단다. 그 내용은 이렇다.

Q. "못해서 포기하려다가 좋은 선생님을 만나 도움을 받으면서 의욕을 되살리는 경우이다. 나 역시 문과에서 이과로 바꾸면서 지구과학 선생님을 만나 열심히 잘하게 된 케이스에 해당한다. 고등학교 2학년 때 지구과학을 포기했는데, 3학년 때 다른 지구과학 선생님을 만나면서 가장 잘하는 과목으로 바뀌었다. 나뿐만 아니라 이 선생님한테 배운 애들이 다 그랬다. 좋은 스승을 만난다는 것은 아이들의 인생에 결정적인 영향을 미칠 수 있는 주요 동기가 된다"라는 구절이 있는 도서의 제목을 찾고 싶어요.

아, 이를 어쩐담! 난감한 나는 질문자가 올린 글을 한참이나 멍하니 바라본다.

'저자를 아는 것도 아니고, 출판사를 아는 것도 아니고, 어쩌지? 그냥 이첩할까?'라고 고민하다 일단 G검색창을 열고 문장 속 구절 일부를 입력해본다. 그러나 검색 결과가 썩 도움이 되질 않는다. 이번에는 초록 창에 같은 구절을 검색해본다. 이 또한 별 도움이 되질 않는다. 같은 행동을 반복하다 보니 어느 순간 꼭 찾아내고야 말겠다는 오기가 생긴다.

이번에는 범위를 좀 더 넓혀 더 긴 문장을 복사해서 초록 창에 붙여 넣은 후 검색 버튼을 누른다. 그런데 웬 블로그 하나가 눈에 들어온다. 서둘러 클릭해보니 질문자가 올린 구절이 포함된 긴 글이 올라와 있다. 이건 무슨 글이지? 확인해보니 개인 과외를 홍보하는 글이다.

블로그 주인은 학생들을 가르치는 선생님인 모양이다. 블로그 주인도 질문자가 찾고 있는 책을 읽었을까? 그렇다면 글 속 어딘가에 책 제목이 있을 수도 있을 것이다. 나는 눈을 크게 뜨고 글을 읽어 내려간다. 그러나 장문 속 어디에도 책 제목은커녕 힌트조차 찾을 수 없다. 크게 좌절한 나는 지금이라도 이첩할까 고민했지만 애타게 책을 찾는 내 모습에서 질문자와 내가 이미 동지가 되었음을 인지한다. 얼마나 궁금했으면 '사서에게 물어보세요'에 글을 올렸을까. 이첩하기엔 이미 너무 많이 와버렸다. 이렇게 된 이상 포기할 수 없다! 놓지를 버릴 순 없는 일이다.

정신을 가다듬고 블로그에 입력된 문장을 다시 읽어 내려간다. 저 긴 문장 속에 분명 힌트가 될 만한 중요 키워드가 있을 것이다. 나는 핵심 키워드를 찾기 위해 한 문장 한 문장 곱씹어 보던 중 눈에 띄는 단어를 찾아낸다.

'공부 상처'

표현할 수 없는 강렬한 끌림을 받은 나는 인터넷서점 사이트에 접속해 '공부 상처'를 검색한다. 결과물 두 번째 책에 김현수 저자의 〈공부 상처〉라는 책이 검색됐다. 느낌이 좋다. 그러나 확신하기엔 아직 이르다. 그 책이 나와 질문자가 찾는 책인지 확인하려면 책 속에 질문자가 올린 구절이 있는지를 알아봐야 한다. 사이트에서 제공하는 '미리보기'를 눌렀지만 해당 구절을 찾을 수 없다. 이 책이 아닌 건가? 본문 일부만 제공하는 '미리보기'를 통해서는 확신할 수 없어 본문 전체를 확인하기 위해 직접 책을 보기로 한다.

이번엔 도서관 홈페이지에 접속해 우리 도서관에 소장하고 있는지 검색해본다. 있다면 당장 꺼내와 내용을 뒤져볼 생각이다. 그러나 우리 도서관이 아닌 다른 도서관에 소장 중이다. 당장 빌리러 가고 싶지만 코로나로 임시 휴관 중인 데다 이 일 말고도 처리해야 할 다른 일이 있다. 나는 해당 도서관으로 전화를 걸어 사정을 설명하고 우리 도서관으로 책을 보내 달라고 요청한다. 며칠 뒤 책이 도착하고 나는 공공 근로 선생님께 해당 구절이 책 속에 있는지 확인해

달라고 부탁한다.

유레카! 드디어 찾았다! 김현수 저자가 쓴 〈공부 상처〉가 맞았다. '제3장 공부 동기 발견하기' 112페이지 중간 부분에 해당 내용이 있는 것을 확인한다. 왠지 모를 쾌감이 온몸을 감싸고 해냈다는 내적 기쁨이 차오른다. 오늘은 나에게 상을 줘야겠다고 다짐한다. 나는 퇴근 후 집에서 홀로 맛있는 안주를 곁들인 축배를 들었다.

문득 내가 받은 첫 질문이 떠오른다. 우리 도서관은 2019년 2월 1일 본 서비스를 시작했다. 그로부터 3개월 뒤 첫 질문이 등록되었다는 알림을 받았다.

도서관을 대표해 답변해야 한다는 부담감에 어깨가 무거웠지만 사서로서 누군가의 궁금증을 해결해줄 수 있다는 사실에 고무되었다. 떨리는 마음과 설렘을 안고 질문을 확인했다.

Q. 안녕하세요? 저는 사서가 꿈인 문헌정보학과 학생입니다. 초록에 대해 관심이 많은데 이준환, 박은종(2010). 〈감성 시멘틱을 이용한 영상검색〉 정보과학회지, 28(8), 46-53 이 학위논문의 분류 코드가 제가 생각하기엔 ND0300A인 것 같은데, 맞는지 궁금해서 여쭈어봅니다. 감사합니다.

다행히 첫 질문이 전공 분야라 자신감을 가지고 글을 클릭했으나 'ND0300A'가 뭘 뜻하는지 알 수 없어 당황스러웠다. 여기저기 검색해도 알 수 없어 자료 분류 전문인 열린도서관 관장님께 도움을 요청했다. 질문을 보신 관장님도 'ND0300A'가 무엇인지 모르시겠단다. 아마 대학도서관이나 기관에서 사용하는 분류 코드인 것 같다는 추측밖에 할 수 없었다.

어쩔 수 없이 일반적인 공공도서관에서 분류하는 방법 두 가지를 설명하고 각각의 기준으로 분류했을 때 부여할 수 있는 번호를 설명하는 선에서 답을 올렸다. 첫 질문에 대한 내 답변은 아래와 같다.

A. 안녕하세요. 대치도서관입니다. 현재 대부분 도서관에서는 해당 자료를 주제별로 분류기호를 부여하고 있습니다. 귀하께서 문의하신 학술지 역시 '주제'를 기준으로 분류됩니다.

학술지의 경우
① 해당 기사의 주제를 기준으로 분류하는 방법
② 해당 학술지의 주제를 기준으로 분류하는 방법
위 두 가지의 방법으로 분류할 수 있습니다.
따라서 〈감성 시멘틱을 이용한 영상검색〉은 KDC 6판을 기준으로 아래와 같이 분류할 수 있습니다.
① 해당 기사의 주제를 기준으로 분류하는 방법
〈감성 시멘틱을 이용한 영상검색〉
004.584 인터넷 정보검색 및 정보시스템 + 표준구분표 –05 연속간행물(학술지) = 004.58405

569.9 전자장치의 응용 + 표준구분표 −05 연속간행물(학술지) = 569.905

② 해당 학술지의 주제를 기준으로 분류하는 방법

〈정보과학회지〉

004 컴퓨터 과학 + 표준구분표 −05 연속간행물(학술지) = 004.05

이상입니다. 감사합니다.

## 저는 문과입니다만

도서관에서 일하다 보면 이용자에게 참 많은 질문을 받는다. 대부분은 즉시 답변이 가능한 즉답형 질문이지만 간혹 며칠 동안 자료조사가 필요한 연구형 질문이 들어오기도 한다. 어떤 형식이든 이용자들의 질문은 부담스럽고 신중해야 할 업무 중 하나다. 하지만 그 무게만큼 사서로서 자긍심을 갖게 한다.

위 사례처럼 내 선에서 해결할 수 있는 질문이 올라올 때도 있지만 종종 답변하기 어려운 질문이 들어오기도 한다. 예를 들어 내 전공 분야가 아닌 전혀 다른 분야의 질문이 그렇다. 이런 경우 차라리 이첩하는 것이 질문자에게 더 도움이 되지 않을까 싶지만 나는 내가 할 수 있는 한 직접 답해주려고 노력한다. 사서는 이용자들의 질문에 답하는 과정을 통해 성장하기 때문이다.

우리 도서관에 들어온 두 번째 질문이 그랬다. 자동차 관련 자료가 필요하다는 내용의 질문은 내가 전혀 접해보지 못한 분야였다. 특히나 나는 자동차에는 문외한이다.

> Q. 자동차 전장(전기장비) 에너지 소모에 관한 연구를 진행하려고 합니다. 차량 각 전장 부품에서 얼터네이터에 소모하는 전력의 수치가 필요합니다. 크게 질문사항은 다음과 같습니다.
>
> •자동차 주요 부품의 전장에너지 소모량
> 주요 부품으로는
> •자동차 헤드라이트, 기타 전등장치, 파워스티어링, 팬, 히터, 그리고 기타 전기장비 소모량
>
> 가능하다면 단일 차량에 대한 소모량이면 좋고 불가능하다면 범용적으로 사용되는 전기장비의 전력 소모량이어도 될 것 같습니다. 수치는 전류 혹은 파워(와트 W)의 수치로 나와야 할 것 같습니다. 감사합니다.

보기만 해도 진땀이 흐르는 글이다. 문과 전공자인 내가 해결할 수 있는 문제가 아니었다. 답변은 달아야 하는데 질문조차 이해할 수 없다. 도대체 '얼터네이터'는 무엇이며 어디에 쓰이는 물건일까? 앞뒤 문장으로 추측해보건대 아마도 자동차와 관련된 듯하다. 일단 질문부터 이해하는 것이 급선무다. 나름대로 해석한 결과 질문자는

자동차 부품별 에너지 소모량을 알고 싶은 모양이다.

관련 논문이나 학술지가 있는지 찾기 위해 RISS(학술연구정보서비스)와 DBpia(학술연구를 위한 플랫폼 서비스)에 접속해서 '자동차', '부품', '자동차얼터네이터' 등 키워드를 입력한 후 검색해본다. 그러나 도움이 될 만한 자료가 없다. 이번엔 인터넷 검색창에 키워드를 입력해 도움이 될 만한 자동차 관련 사이트를 추려본다.

'자동차 부품'으로 검색해보니 '자동차부품연구원'이라는 기관이 검색된다. 해당 기관 사이트에 접속해서 여기저기 뒤져보지만 별 수확이 없다. 여기라면 분명 자료가 있을 것 같은데 내가 못 찾는 것인가 싶어 전화를 걸어보니 본인은 잘 모르겠고 내용을 알 만한 직원을 연결해주겠단다. 자동차 부품 전문가로 추측되는 직원에게 사정 설명을 하고 도와줄 수 있는지 물으니 그 직원도 영 모르겠다는 반응이다.

어쩔 수 없이 참고할 수 있는 사이트 몇 군데를 검색해 링크를 걸어주는 선에서 답변을 올린다. 시원한 답을 주지 못해 죄송스럽기도 하고 난감하기도 했지만, 개인적으로 이런 경험이 없었다면 찾아보지 않았을 분야로 다양한 국내 자동차 관련 연구기관이 있다는 사실을 알게 된 기회였다.

## 무엇이든 물어보세요

'사서에게 물어보세요' 홈페이지에는 직업이나 전공과 무관한 다양한 분야의 질문이 올라온다. 4차 산업혁명이 도래한 요즘 인터넷 검색 한 번이면 내가 원하는 정보를 손쉽게 얻을 수 있다. 그럼에도 불구하고 사람들은 왜 도서관을 찾고 사서들에게 질문을 던질까?

사서는 아니지만 도서관을 사랑하는 임윤희 작가가 쓴 책 〈도서관 여행하는 법〉에 이런 내용이 있다. 여러분의 이해를 돕기 위해 잠시 앞 이야기를 설명하자면 이렇다.

글쓴이와 조카는 집 뒤뜰에 있는 식물에 달린 노란 열매의 정체가 무엇인지 궁금했다. 도대체 무슨 열매일까? 갑론을박하는 식구들 사이에서 조카가 외친다. "도서관에 가서 물어보면 돼요!" 그렇게 해서 그들은 동네 도서관을 찾아가 사서에게 이 열매의 정체가 무엇인지 물어본다. 다소 어이없는 질문에 사서는 흔쾌히 근처 화원을 소개해주고 화원에서도 알아내지 못하면 같이 찾아보자는 약속을 한다.

> 동생 집 뒤뜰에 열린 열매의 정체는 야생 살구로 밝혀졌다. 종종 살구를 볼 때마다 생각한다. 지금 우리 동네 도서관은 조카의 질문 같은 것들을 진지하게 받아주는 곳일까? 잘 모르겠다. 또 다른 생각도 한다.

나는 쭈뼛하지 않고 세상에 질문을 던질 용기가 있는 사람일까? 이 역시 잘 모르겠다. 하지만 확실한 건 내 질문을 진지하게 듣고 함께 길을 찾는 도서관이 동네에 하나쯤 있다면 신약 개발까지 할 깜냥은 못 되더라도 질문을 더 잘 꺼낼 수는 있으리라는 점이다. (중략) 질문의 답을 찾는 방법이 인터넷 단 하나만 있는 세상이 오진 않았으면 좋겠다.
답을 찾는 다채로운 과정이 우리에게 더 많은 가능성을 열어줄지 모르니까. 사람과 마주하면서 눈을 맞추고 말을 주고받으며 얻게 되는 배움의 기쁨을 포기하고 싶지 않으니까. 어쩌면 도서관은 이 가느다란 가능성을 일상에서 품을 수 있게 해주는 보루일지 모른다.

–임윤희 〈도서관 여행하는 법〉

이 세상에 어리석은 질문은 없다. 그 어떤 질문도 할 자격이 있으며 그 질문에 대답해야 할 의무가 있다. 사서란 이런 역할을 하는 존재다. 어떤 질문이든 성심성의껏 답해주는 것. 이용자들에게 질문하는 기쁨을 주는 것. 이것이 바로 도서관에서 말하는 진정한 '정보 서비스'가 아닐까?

궁금한 것이 있으면 언제든 사서에게 물어보자! 대신 본인이 해야 할 과제를 대신 해달라는 식의 질문이나 개인의 프라이버시와 관련된 사적인 질문은 정중히 사양한다.

과장 이숙진

# 4장

# 랑가나단의
# 후예들

# 철학에 빠지고 사람에 빠지다

## 이런 도서관은 처음이야

나는 2011년 1월 1일부터 대치도서관에서 업무를 보게 되었다. 세월이 빠르다고 하더니 어느새 10년이 훌쩍 지났다. 처음 이곳에 왔을 때 인상이 그리 좋지 않았다. 사람들이 다소 날이 서 있고 도서관 직원을 하대하는 듯한 부정적 느낌을 받았다. 데스크에 앉아 있으면 이용자가 회원카드를 탁 내밀며 명령하듯 말했다.

"이 책 좀 찾아줘요."

"네, 알겠습니다. 잠시만 기다려주세요."

듣고 있는데 순간 당황스러웠다. 왜 본인이 직접 서가에서 찾지 않는지 의아했다. 또 사서는 왜 이용자에게 도서관 사용법을 알려주지 않고 당연하다는 듯 별 저항 없이 책을 찾아다 주는 건지 머릿속이 복잡해졌다.

그렇게 하루 종일 책을 대출하러 오는 사람 중 열에 여섯은 카드를 주면서 책을 찾아달라고 하고 사서는 당연하다는 듯 서가로 달려가기 바빴다. 더구나 그때는 대치도서관 사서가 겨우 2명뿐이었는데 말이다. 그러다 보니 도서관은 매일 북새통이었고 서가의 배열은 사서가 책을 찾기 쉽게 정렬되어 있었다. 그 말은 일반 이용자는 책을 찾기가 어려운 도서관이 되었다는 것이다. 또 회원카드를 분실하면 재발행 비용으로 500원을 받는데 그것조차 내기 싫어서 소란을 피우는 일도 있었다. 거의 매일 민원이 끊이지 않는 도서관이었다. 이런 상황에서 더 나은 서비스를 제공한다는 것은 사실상 불가능해 보였다.

## 내가 잘할 수 있을까?

사서들은 자신이 내는 세금으로 월급 받는 사람들이니까 고용인처럼 부려도 된다고 생각하는 일부 이용자가 있다. 다른 곳에서 스트레스 받고 그 화를 도서관에 와서 푸는 분들의 단골 레퍼토리이기도 하다.

"내가 내는 세금으로 월급 받잖아."

"네, 그렇습니다만."

"그러면 지역주민들이 원하는 것은 뭐든 해야 하는 거 아니야?"

당연히 말이 짧다. 그런데 딱히 틀린 말은 아니다. 더 이상의 논쟁은 불필요하다. 적당히 비위를 맞춰주고 돌아가게 하는 것이 최선이라는 생각이 들 때가 있었다. 그런 날이면 사서들이 무력감을 토로했다. 나 또한 마찬가지였다. 자존감이 낮아지니 뭔가를 잘하고 싶다거나 창의적인 아이디어를 내고 싶지가 않았다. '얼른 6시가 되면 퇴근해야지'라는 생각밖에 없다. 집에 들어가면서 "아휴 힘들어", "정말 피곤하다" 같은 부정적 말투가 일상이 되어버렸다. 아무리 생계를 위해 직장생활을 한다고 하지만 하루하루를 이렇게 보낼 수는 없었다. 이 시간 또한 내 삶에서 중요한 부분이기 때문이다.

## 이렇게 살 수는 없다

나는 사서들에게 내일 아침 출근을 좀 빨리해달라고 문자를 보냈다.

"선생님, 미안한데 내일 아침에 8시까지 출근 좀 해주실 수 있을까요?”

“네, 알겠습니다. 그런데 관장님 무슨 일 있나요?”

“아니요. 회의 좀 하려고.”

“네, 일찍 갈게요.”

참 고마운 사람들이다. 대치도서관은 이용자가 많은 도서관이라 누구를 막론하고 9시에 출근하는 사람이 없다. 거의 30분 전에는 나와서 업무 준비를 해야 9시 정각에 밀려 들어오는 이용자들을 맞을 수가 있다. 지금은 추가 근무수당이라도 나오는데 그땐 그런 것도 없었다. 그래도 짜증 한 번 내지 않고 씩씩하게 일하는 사서들을 보면서 나는 생각했다. 우리 도서관을 선생님들에게 자부심 느끼며 일할 수 있는 공간으로 만들어줘야겠다고 다짐했다.

회의를 한다고 모였지만 인원이라고 해봐야 사서 2명에 나까지 셋이었다.

“선생님, 도서관 문화를 바꿔야겠어요.”

“어떻게요?”

“먼저 서가를 이용자들이 책을 찾기 쉽게 배열을 다시 해요.”

“사람이 없는데 가능할까요?”

“방법을 찾아야지. 그리고 이용자들이 대출할 때 책을 직접 찾을 수 있도록 가르쳐요.”

“그러면 막 화내세요.”

"그래도 해야죠. 처음에는 힘들더라도 계속 친절하게 가르쳐 드리면 결국 스스로 찾게 될 거예요."

"네, 한번 해봐요."

첫 번째로 책을 찾아주는 것이 일상이 되어버린 사서들을 설득하는 것이 중요하다고 생각했다. 사서들이 썩 내켜 하지는 않았지만, 관장이 굳이 하자고 하니 마지못해 수긍한 것 같았다. 그래도 고마웠다. 지금도 정신없이 바쁜데 마치 업무량이 증가한 것처럼 느껴졌을 것이다.

일단 청소년 자원봉사자 20명을 뽑아서 이용자들이 책을 찾기 쉽도록 서가를 정배열했다. 다음으로는 책을 찾는 법을 시간이 걸리더라도 일일이, 그리고 아주 친절하게 알려주었다. 처음에는 짜증도 내고, 야단도 치고 하던 분들이 시간이 갈수록 스스로 책을 찾기 시작했다. 그렇게 되니 사서들이 조금씩 시간적 여유가 생기고 여유 시간을 이용자 서비스를 위해 사용하게 되었다.

그다음으로 한 것이 '도서관 100배 즐기기'란 프로그램을 만들어 주기적으로 이용자를 대상으로 도서관을 효과적으로 이용하는 방법과 지역주민들이 도서관에 바라는 욕구를 들을 수 있는 시간을 가졌다. 시간이 지날수록 도서관을 이용하는 지역주민들의 분위기가 달라지는 것을 느낄 수 있었다. 어느 날인가 이런 말을 했던 것이 생각난다.

“저 좀 예뻐해 주세요. 저도 다른 도서관에 있을 때 사랑받던 사람이었어요.”

그 말에 도서관에 모인 주민들이 웃었다. 그렇게 도서관과 그 공간을 이용하는 사람들이 조금씩 가까워지고 있었다.

## 뿌리 깊은 도서관은 바람에 흔들리지 않는다

이제야 도서관의 기초체력을 만들었으니 튼튼한 뿌리를 만들어야겠다고 생각했다. 이런 생각을 한 계기가 있었다. 2011년 1월 15일 독서토론에 참여하게 되었다.

그날 너무 이상한 광경을 목격했다. 분명히 독서토론 주제도서가 있었는데, 누군가 A4용지에 2줄 정도 되는 내용을 프린트한 종이를 한 장씩 나눠주었다. 참가 인원은 6명이었다. 프린트를 나누어준 분이 그해 수능에 나온 문장이라고 했다.

순간 또다시 당황했다. 하지만 처음 참석한 자리인 만큼 가만히 듣고만 있었다. 토론 시간 내내 수능 이야기와 각자의 아이들 이야기로 2시간을 채우고는 아무렇지 않게 끝이 났다.

도서관 운영자로서 고민이 되었다. 이 도서관을 내가 감당할 수 있을까? 회의가 들기 시작하고 덜컥 겁이 났다. 다시 한번 용기를 내보기로 하며 제대로 된 독서동아리를 만들겠다는 생각을 했다.

생각해보니 도서관에 제일 많은 것이 책이고 그 안에 답이 있으리라 믿었다. 지금 생각하면 혼자 고민하지 말고 다 같이 의논했으면 훨씬 수월했을 텐데 미련하게 혼자 몇 날 며칠 고민했을까 싶다. 다 경험 부족이었다.

그런데 독서동아리를 만드는 데 저항이 심할 것 같은 불길한 예감이 들었다. 대치도서관은 1999년에 개관한 이래 내가 오기 전까지 11년이란 세월을 보냈다. 잘하든 못하든 오랫동안 자리 잡은 문화가 있을 터다. 그것을 바꿔야 하는 일인 것이다. 모든 기준이 아이들 교육에 맞춰져 있던 틀을 깨야 하는 일은 쉽지 않아 보였다. 그래도 공공도서관인데 아이들 교육을 위한 보조 기관으로 남을 수는 없었다.

무식하면 무모하다고 했던가? 나는 생각한 대로 실천해보기로 했다. 도서관 체력을 튼튼히 하려면 힘이 있어야 하는데 잘 만든 독서동아리 하나가 열 프로그램 부럽지 않을 것이라 확신했다. 도서관 뿌리를 튼튼히 다지기 위해 나무를 심는 마음으로 정성을 다해 새로운 계획을 세우기 시작했다.

먼저 독서동아리 본래의 목적에 대해 고민했다. 아마도 독서토론에 참가하는 분들은 책을 읽고, 나누고, 소통하고, 성장하고 싶은 욕구가 있을 것이다. 목적을 생각하고 나니 무엇을 어떻게 읽을 것인지에 대한 고민이 생겼다. 강남구는 전국 평균 교육수준이 다른 지자체에 비해 높은 편이다. 여기까지 생각하니 기왕이면 혼자 읽기는 힘들지만 함께 읽으면 서로 도움을 줄 수 있는 분야를 선택하고 싶어졌다. 그래서 독서토론 주제를 인문학, 그중에서도 대주제를 철학으로 하는 '대치 인문독서클럽'이 탄생했다.

### 이 싸움에서 이겨야 하는데…

결전의 날이 왔다. 두 번째 독서토론 시간이 되었다. 혼자서 계획을 하고 토론 시간에 들어가려니 심장이 벌렁벌렁했다.

계획한 바가 있지만 내 편이 하나도 없는 전쟁터에 나가는 것처럼 초조하고 불안했다. 무슨 말부터 꺼내야 할지 고민하다가 회원들의 눈을 똑바로 보면서 말문을 열었다.

"선생님들, 이제 우리 도서관 독서토론은 철학을 중심으로 읽을까 해요."

"왜요?"

"어렵게 시간을 내셔서 오시는데 진짜 제대로 된 독서를 해야 하지 않을까요?"

"그럼, 지금까지 우리는 제대로 된 독서를 안 했다는 거예요?"

지금까지 팀의 리더 역할을 해왔던 회원이 발끈했다. 속으로는 움찔했지만 여기서 밀리면 안 된다는 생각이 들었다.

"네, 적어도 지난번 독서토론은 그렇게 느껴졌어요."

"오신 지 얼마 되지 않은 관장님이 경솔하시네요."

"죄송합니다. 그래서 제가 오늘 주제도서인 미셸 푸코의 〈감시와 처벌〉 발제를 해왔습니다."

"독서토론을 무슨 스터디하듯이 하시려고 하세요. 애들 때문에 머리 아파 죽겠는데 누가 이렇게 어려운 걸 하겠어요.

"이건 제가 정한 게 아니고 이 팀에서 정한 것을 제가 발제해온 거예요. 앞으로는 대치도서관 독서토론은 회원들이 돌아가면서 발제를 하고 주제도서를 정확히 이해하는 것을 가장 큰 목적으로 하려고 합니다."

"그건 토론이 아니죠."

"네, 그런데 독서토론은 주제도서가 있어요. 그 내용을 아는 게 가장 중요한데 오늘 책 전부 읽고 오셨나요?"

"…."

"독서토론인데 책을 읽지 않으면 그야말로 아줌마 수다방이 되고 말 것 같아서 그럽니다."

그날 그 자리에 있었던 대부분 참석자는 나를 어이없어했다. 젊은 관장이 오더니 잘난 척한다고 생각하는 것 같았다. 사실 나는 그날 모험을 했고 그 모험은 처참하게 실패했다. 이미 짐작했을지 모르겠지만, 그다음 독서토론 시간에 그날 참석한 회원들은 한 명도 나오지 않았다.

## 독서동아리의 탄생

지금도 그때를 생각하면 오싹하다. 당연히 반발이 있었고, 젊은 관장이 기존에 도서관 회원들을 다 몰아내고 독선적으로 자기 맘대로 독서토론을 운영하려고 한다는 소문이 돌았다. 그런데 그 말이 전부 거짓도 아니어서 마음이 편치 않았다. 그 팀의 리더를 만나서 기존에 운영하던 방식으로 모임을 할 수 있는 공간을 알아봐주겠다고 하고 작은 도서관 3층 강의실을 사용할 수 있게 도왔다.

요란스럽게 시작한 독서동아리를 잘 운영해야 한다는 부담감이 상상 이상으로 크게 다가왔다. 독서동아리를 운영하기 위해 1년 동안 읽을 주제를 정하고 거기에 맞는 도서를 선정해서 포스터로 만들어 게시판에 게시했다.

그 목적은 단순했다. "시간이 없어서 책을 못 읽었어요"라는 핑계를 댈 수 없게 하려고 한 것이었다. 나는 왜 그렇게 독하게 책을 읽으라고 강요했을까? 생각해보면 누구보다 나 자신에게 핑계를 내지 못하게 하려는 의도였던 것 같다.

많은 사람이 이 모임을 시작할 때 누가 그렇게 어려운 책을 읽을 것이며 더구나 아이들 때문에 눈 돌릴 시간도 없이 바쁜 대치동에서 발제를 해오라니, 분명 대치도서관 독서토론은 3개월도 못 가 없어질 거라고도 했다.

당연히 기존 회원들은 하나같이 나오지 않았다. 참담한 생각마저 들어 두렵기까지 했다. 다행히 그중에서 진짜 책을 읽고 싶어서 이 모임에 참가한 신수진 님과 양정연 님이 나를 적극 지지해주었다. 이 두 분을 디딤돌 삼아 3년을 버텼다. 사실 고난의 연속이었다.

## 고진감래라더니

2011년 2월부터 시작한 대치도서관 '인문독서클럽'은 처음에는 책도 어렵고 거기다 발제까지 해야 하니 많이 모일 때는 5명, 방학이 되면 회원 한 명과 나, 이렇게 단둘이 하는 날도 많았다. 그러니 돌아가면서 계속 발제해야 하니 고충이 이만저만이 아니었다.

'내가 학교 다닐 때도 이렇게 열심히 공부해본 적이 없는데 중년에 사서 고생을 하는구나' 하며 가끔 혼자 후회를 하기도 했다.

그러나 그때부터 지금까지 공휴일이나 임시 휴관을 제외하고 대치도서관 독서토론은 한 달에 두 번씩 한 번도 거르지 않고 모여 꾸준히 책을 읽고 있다.

'인문독서클럽'을 시작하고 3년쯤 지나면서 소문이 나기 시작했다. 대치도서관 독서동아리에서 철학을 꾸준히 읽는다는 이야기에 언론에서도 관심을 가져 기사가 나왔다. 한발 더 나아가 청소년 인문학 프로그램도 만들어 운영했더니 너무 많은 사람이 호응해서 항상 대기자가 기다리고 있었다. 그렇게 어려운 걸 누가 읽느냐고 손사래 치며 갔던 분들도 돌아오기 시작했다.

대치도서관은 이 모임을 기반으로 2014년부터 인문학 특성화 도서관으로 특화해서 인문학 분야에서 다양하게 상도 받으며 선전하고 있다. 그때 힘들다고 포기했다면 지금 우리 도서관을 떠받치고 있는 인문학 특성화 도서관이라는 명예도 그보다 더 도서관을 사랑하고 모든 일을 함께 도우며 지지하는 수많은 인연도 만나지 못했을 것이다.

처음 고전을 읽을 때는 솔직히 혼자 읽기 힘든 책을 같이 읽자는 생각으로 철학을 선택했고, 목록을 선정할 때도 학교 다닐 때 들어본 흔히 알려진 원전 위주로 선택했다. 그도 그럴 것이 책도 읽어봐야 어디서부터 어떤 책을 기준으로 읽어야 하는지 아는 것이다.

우리는 그런 과정을 거쳐서 점점 성숙해졌고, 꼬리에 꼬리를 물고 무려 10년째 같이 모여서 책을 읽고 세월을 함께 나누며 살아가고 있다. 우리 동아리 회원들은 나만 보면 하는 말이 있다.

"관장님, 제발 동아리 홍보 좀 그만하세요."

"독서동아리는 홍보하지 않는데…."

"그런데 왜 회원들이 자꾸 늘어요?"

"다른 사람들도 소문을 들었나 보지. 대치 독서동아리 멋지다고!"

"그러니까요. 호호호."

'대치 인문독서클럽'은 5년 전부터 등록 인원이 50명을 넘고 비바람이 불어도 20명 이상이 모여서 발제하고 스터디하듯이 함께 책을 읽고 있다. 그렇게 모인 우리는 삶을 함께하는 좋은 친구들이 되어 있다.

## 민원이 넘치던 대치도서관의 변신

그렇게 민원이 많던 대치도서관은 이제는 민원이 거의 없는 '클래식한' 도서관이 되었다. 클래식하다는 것은 오래되어 도서관이 나이 들었다는 느낌으로 우기기 대장인 내가 만든 우리 도서관 닉네임 같은 것이다.

지난 10년간 나와 함께 철학에 빠져서 그 어려운 책을 읽고 견디어낸 사람들이 대치도서관을 영광스럽게 만들고 있다고 자부한다. 이제는 뭘 해도 두려울 게 없는 도서관이 되었고 아무리 건물이 크고 좋은 도서관을 보더라도 난 대치도서관이 자랑스럽다. 도서관 때문에 이사 가기 싫다고 말씀하는 분, 자신이 살아온 날 중 대치도서관에서 지난 10년간 책을 읽은 것이 제일 잘한 일인 것 같다고 말해주는 분들이 있는데 무엇이 부럽겠는가.

오늘도 도서관에서 필요한 일이 있다고 하면 벌떼처럼 모여드는 일명 '대치도서관 공무원들'이라고 불리는 사람들이 있다. 그들은 도서관에 빠지고, 나는 이 사람들에 빠져서 살아가고 있다.

관장 유순덕

# 내가 도서관에서 얻은 것

## 우연히 시작하게 된 도서관 일

사람마다 좋아하는 장소가 있을 텐데 내가 좋아하는 장소는 서점과 도서관이다. 서가에 쭉 꽂혀 있는 책들을 보면 내 것은 아니지만 왠지 뿌듯하고 어떤 책이 있을까 기대가 된다. 또 책이 있는 곳의 독특한 분위기와 냄새, 무언가에 몰두한 사람들 모습을 보면 마음이 차분해지고 어떤 평화로움마저 느껴진다.

결혼 후에 새로운 동네로 이사 갈 때면 도서관부터 찾아보았다. 낯선 곳에서 조금이라도 익숙한 곳을 만들고 싶었던 것 같다. 살림에 서툴던 그때 요리책도 자주 빌려 보고 임신 중에는 임신과 출산, 육아에 관한 책도 빌려 보면서 많은 도움을 받았다.

대치동으로 이사한 후에는 아이랑 같이 대치도서관을 다니면서 숙제도 하고 책도 빌려 읽었다. 그러던 중 도서관 자원봉사자 모집 공고를 보게 되었다. 반가운 마음에 아이와 함께 도서관 봉사를 시작했다. 내가 좋아하는 도서관에 조금이라도 도움을 줄 수 있다는 게 좋아서 즐겁게 했는데 아이와 함께 우수 자원봉사자 상까지 받았다.

그러던 어느 날 관장님께서 잠깐 볼 수 있겠냐고 연락이 와서 도서관으로 갔다. 갑자기 나에게 제안 한 가지를 했다.

"선생님, 혹시 도서관에서 일해볼 생각 없으세요?"

"네, 제가요?"

"네, 선생님이 우리 도서관에서 오랫동안 자원봉사하는 걸 보면서 함께 일하고 싶어졌어요."

"아니요, 관장님. 저는 컴퓨터도 할 줄 모르고 직장생활도 해보지 않아서 못할 것 같아요."

"선생님, 그런 것 못해도 돼요. 짧은 시간 근무예요."

"무슨 일인데요?"

"도서관에 반납된 책을 오후에 나와서 서가에 꽂아주는 일이에요."

"왜 저한테 이런 일을 제안하시는 거예요?"

"선생님! 이 일이 단순해 보일 수 있지만, 도서관에서는 중요한 일이에요. 서가에 책이 제자리에 있어야 이용하시는 분들이 혼란스럽지 않게 책을 찾을 수 있거든요."

"제가 그걸 잘할 수 있을까요?"

"잘하실 것 같아요. 책을 좋아하고 많이 보시잖아요. 무엇보다 우리 도서관에서 자원봉사할 때 서가 재배열을 같이해서 누구보다 서가를 잘 아시니까요."

난감했다. 자신이 없는데 관장님은 자꾸 해보자고 했다. 처음에는 사회생활 경험도 없고 컴퓨터도 잘 모르는 내가 잘할 수 있을까 걱정이 많았다. 하지만 관장님께서 모르는 것은 다 배워서 할 수 있고 도서관을 좋아하는 마음만 있으면 된다고 용기를 줘서 일을 시작하게 되었다.

처음 일을 시작할 때는 서툴기도 하고 낯설었지만 재미있기도 했다. 무엇보다 도서관이 집에서 5분 거리에 있으니 남편 출근하고 아이 학교 보내고 천천히 준비해서 출근해도 늦지 않아서 좋았고 처음으로 직장생활을 해보니 나름대로 보람도 있었다. 그렇게 맡은 업무가 익숙해질 즈음 도서관이 바쁠 때 단순한 데스크 업무를 도와주고자 간단한 기능을 배웠다.

아무것도 모르던 내게 사서 선생님들이 정말 많이 가르쳐주었다. 일을 배우면 자꾸 잊어버리기도 하고 속도도 느렸지만 나중에는 혼자서 회원가입도 할 수 있게 되었다.

대치도서관은 매우 바빠서 사서 선생님들이 점심시간을 놓칠 때가 많았다. 그럴 때 잠깐 식사하는 동안만 데스크에서 간단한 업무를 보기도 했다. 물론 지금은 대치도서관도 사서 선생님들이 많아져서 그런 일은 하지 않는다.

## 도서관에서 만난 사람들

도서관에서 일해 보니 도서관의 평온한 분위기를 만들기 위해 선생님들은 정말 바쁘게 움직인다는 걸 알았다.

도서 대출과 반납뿐만 아니라 프로그램 기획, 회원 모집, 여러 행정업무까지 밖에서는 알지 못했던 일이 정말 많았다. 1년 내내 행사가 끊이지 않고 선생님들은 모두 멀티플레이어가 될 수밖에 없었다.

도서관에서 일하면서 책도 많이 읽고 금전적 수입이 생긴 것도 좋았지만 무엇보다 대치도서관 직원이라는 소속감을 느낄 수 있어서 좋았다. 전업주부로서 가정에서만 머물다가 내 일을 하게 되어 나를 필요로 하는 곳이 있다는 사실이 참 행복했다. 매일 출근해서 바쁘게 일하다가 집으로 갈 때 느끼는 적절한 피로감이 기뷴 좋았다. 그리고 관장님과 사서 선생님들이 항상 같은 도서관 식구라고 챙겨주어 정말 한 팀처럼 느껴진다.

장서 점검이나 서가 증설 작업처럼 힘든 일을 함께하면서 선생님들이랑 더 가까워진 것도 같고 도서관에서 진행한 프로그램을 인정받아 상을 받는 기쁜 일도 우리 모두의 덕분이라고 해서 괜히 어깨가 으쓱했다.

2018년에는 대치도서관 문화 프로그램이 '도서관 우수 독서 프로그램'으로 선정된 기념으로 양평으로 다 함께 1박 2일 워크숍을 갔다. 그곳에서 차가운 밤하늘에 별을 함께 보던 일도 아름다운 추억으로 남아 있다.

개인적으로 힘든 일을 겪을 때도 선생님들과 도서관 일이 많은 도움이 되었다. 아버지께서 돌아가셨을 때, 내 아이가 수험 생활을 할 때 관장님과 선생님들이 많은 위로와 배려를 해주었다. 마음이 힘들 때 도서관 일을 하면서 위로를 받기도 하고 마음을 비우기도 했다.

올해로 만 7년째 근무인데 그동안 도서관에 많은 변화가 있었지만 우리 대치도서관 사람들의 정은 변함없다.

도서관에서 만난 이용자 중에는 좋은 분이 많았다. 나이 차를 떠나서 책 이야기도 하고 서로의 생활 이야기도 나누면서 친하게 된 분들도 있고, 아이가 같은 또래라 이런저런 얘기를 하다가 친구가 된 분도 있다.

나이 들어서 친구 만들기가 쉽지 않다는데 도서관에서 만나서 인지 마음도 취미도 잘 맞는 동네 친구, 다 같이 도서관 강좌나 전시회도 가고 가끔 맥주도 한잔하는 동네 친구를 도서관에서 만나다니 도서관은 책만 만나는 곳이 아니라 사람도 만날 수 있는 곳이다.

몇 년 전에 도서관 사정상 주간업무를 못 하게 되어 일을 그만둘 뻔한 적이 있었다. 거의 매일 도서관을 나오다가 그냥 이용자로만 가끔 온다는 것이 어찌나 서운하던지 다른 도서관에 자원봉사 일을 알아보기도 했다. 다행히 열람실 새벽 개관 일을 맡게 되어 도서관 일을 계속할 수 있었다.

매일 새벽 조용한 거리를 지나 캄캄한 도서관 문을 열고 불을 밝히면 내가 세상을 깨우는 것만 같다. 새벽 개관 일은 어찌 보면 힘들 수도 있지만 남들보다 하루를 일찍 시작한다는 만족감이 크다.

지금은 코로나19 때문에 주간에만 도서관 개관을 하고 있지만 언젠가는 우리의 새벽을 다시 깨울 수 있기를 바란다.

직원 김태경

# 제대로 모시겠습니다

## 책에는 손이 달렸다

데스크에 앉아 업무를 보다 보면 제일 많이 하는 업무는 아무래도 도서 대출이다. 도서관 이용자의 방문 목적은 크게 세 가지로 나눌 수 있는데, 도서 대출, 열람실 이용, 문화 프로그램 수강이다. 세 가지에 다 포함되는 분도 있다.

거의 매일같이 출석 도장을 찍듯이 방문하는 분들은 이름이나 얼굴이 눈에 익기도 한다. 도서관에서 근무하면서 막연하게, '오늘은 목이 유독 아픈 걸 보니 전화 문의가 많았나 보다', '손목이 약간 뻐근한 게 반납도서가 많았구나', '오늘은 좀 바쁜 것 같다'라고 막연히 생각했는데, 그런 날은 통계상 대출·반납 건수가 다른날 보다 많았다. 주로 휴관일 다음날이 그랬다.

하루 평균 100명 이상의 이용자가 도서관을 방문하고, 많을 때는 300명 이상이 방문할 때도 있다. 대출 건수도 평균 200~300건을 넘는다. 문화가 있는 날에는 두 배로 늘어 대출 권수가 600건이 넘어간다. 대출이 그만큼이면 반납도 거의 비례한다고 볼 수 있으니 하루에 거의 500권의 책이 움직이는 것이다.

도서관은 많은 사람들이 이용하는 만큼 많은 이야기가 생겨난다. 데스크에서 대출·반납을 하면 작은 사고들이 발생하는데, 책을 못 찾거나 망가진 책을 발견해서 데스크에 가져다주어 보수하기도 한다. 대출 가능 권수가 모자라거나, 연체인 줄 모르고 자가대출반납기에서 대출하려다 데스크에 가져오기도 한다.

"선생님! 제가 책 반납하고 빌리려는데 대출 가능 권수가 0으로 나와요. 분명 반납을 다 했거든요."

한 이용자가 당황한 목소리로 말했다. 반납이 안 되는 경우가 종종 있는데 반납 처리가 실수로 안 된 경우와 반납한 다른 도서와 헷갈리는 경우다.

"네, 그러셨군요. 혹시 반납을 데스크에 하셨나요? 아니면 직접 자가대출반납기를 이용하셨나요? 아니면 밖에 있는 반납함에?"

더욱 당황한 이용자가 내 말을 끊고 다급하게 말한다.

"어머! 제가 그냥 북트럭에 책을 올려놓고 갔었나 봐요. 이쩜 좋아 어쩜 좋아, 미쳤나 봐."

"회원증 보여주시겠어요? 서가에 책이 꽂혔을 거 같은데 확인해드릴게요."

"네. 정말 죄송해요. 어머 어머, 미쳤나 봐, 진짜."

"괜찮습니다. 시리즈 5권 맞나요?"

"네, 네, 맞아요. 제가 찾아올까요?"

"아니에요. 제가 가져올게요. 여기서 기다려주세요."

웃으면서 천천히 응대하는데도, 많이 당황했는지 연신 발을 동동거리며 죄송하다고 말한다. 회원증을 찍어 확인해보니 시리즈 도서 5권이 대출 중으로 나온다.

서가에서 책을 찾아보니 제자리에 반듯하게 꽂혀 있다. 바로 반납 처리를 하고, 빌리려던 책을 대출해드렸다.

"다 반납되었고, 5권 대출하셨습니다. 반납 예정일은 7월 27일까집니다."

"네, 정말 죄송해요. 감사합니다."

마지막까지 죄송하단 말을 남기고 돌아갔다. 무사히 해결된 귀여운 실수였다.

## 최초 방문자

간혹 정말 도서관을 처음으로 이용해보는 듯한 분이 있다. 도서 검색 방법을 물어보거나, 도서관에 있는 책을 다 대출할 수 있는 거냐고 물어보기도 한다. 오랜만에 재방문하는 분들은 대출 권수가 늘었다고 좋아한다.

출근도 소중하지만, 퇴근은 더 소중하기에 퇴근 직전에 방문하는 분들은 더 기억에 오래 남는다. 도서관이 문 닫을 시간이 되면 늦게 방문한 분들이 몰려 대출대가 바빠지는데, 도서관 마감 시간 3분 전에 대출을 기다리는 이용자가 세 분 정도 넘어가는 바로 그 순간에 최초 도서관 방문자가 나타났다.

도서관에 처음 방문한 것인지 대출 가능한 권수를 묻기도 하며 천천히 둘러보다가 "도서관 마감합니다" 하는 안내를 듣고는 아쉬움에 가득 차 손에 든 책을 가지고 데스크로 다가왔다.

"대출하려고요."

"네, 회원증 주세요."

"네?"

순진무구한 얼굴로 '나는 책을 빌리고 싶을 뿐인데, 회원증이 뭐지?' 하는 눈빛을 보낸다.

"대출하시려면 도서관 회원증이 있어야 합니다."

"어, 없는데요."

잠시 침묵이 흐른 후 대답했다.

"다른 강남구립도서관 이용한 적도 없으신가요?"

"네? 없는데요."

"대출하려면 회원증이 있어야 해요. 신분증 있으신가요? 회원증 만드시려면 신분증이 있어야 합니다."

여기서 회원증 발급이 가능한 경우와 그렇지 않은 경우로 나뉜다. 회원가입은 되지만 필수 서류가 없거나, 회원가입도 할 수 없는 경우가 있다. 휴대전화가 없는 미성년자이거나, 성인이지만 신분증을 안 가져왔거나, 휴대전화가 자녀 명의로 되어 있는 어르신인 경우다.

회원가입 이력을 조회해보니, 가입 이력이 없다. 다행히 신분증도 반짝반짝 새것이다. 이사가 잦은 분은 현주소가 나와 있지 않은 경우가 있어서, 회원증 발급이 어렵다.

"우리 도서관을 이용하신 적이 없네요. 저쪽에 보이는 회원가입 PC에서 회원가입을 먼저 하시고 다시 말씀해주세요."

차분하게 최초 방문자에게 안내를 마친 후 다음 이용자의 대출반납을 처리했다. 데스크에 대기하는 줄이 두 개가 생기면 다른 사서 선생님이 기다리는 이용자에게 자가대출반납기 사용법을 안내한다.

"여기 도서관 이름이 뭐예요?"

"대치도서관입니다."

다른 이용자들의 대출을 처리하면서 최초 방문자의 질문에 대답했다.

"대출됐습니다."

"도서관 마감합니다."

6시 정각. 바쁘게 뛰어온 이용자가 오늘까지 보관이었던 예약도서와 상호대차를 마지막으로 찾아갔다. 회원가입이 잘 되고 있는지 이용자를 살피며 반납도서를 정리하고, 에어컨을 끄고, 열람실에 놓고 간 물건은 없는지 확인했다.

"가입했어요."

"네, 대출되었습니다."

무사히 대출된 책을 받아든 최초 방문자는 유유히 도서관을 나섰다. 오늘도 한 명의 도서관 비이용자가 신규 회원이 되었다. 자주 이용하시면 좋겠다.

6시 6분.

방문자 통계를 내고, 컴퓨터를 끄고 도서관 불을 끈다. 이제 도서관도 쉬는 시간이다.

도서관에 근무한 지 얼마 안 됐을 즈음에 단골손님처럼 도서관을 오랫동안 이용한 분과 대면했다.

“못 보던 얼굴이네, 새로 왔나?”

“네? 아, 네 새로 왔습니다.”

“여기가 첫 직장인가?”

대뜸 처음 보는 이용자가 이것저것 개인사를 물어보니 당황스럽지만, 나이가 지긋하신 어르신이 여쭤보니 최대한 깔끔하게 대답했다. 언제부터 발령받았는지, 집은 어딘지, 고향은 어딘지, 형제는 몇 명인지, 일은 처음인지, 일은 할 만한지. 아주 탈탈 털렸다.

이용자가 가고 나서 옆에 있던 선생님이 워낙 오래 도서관을 이용해 신입 직원이 오면 바로 알아본다며 귀띔했다. 아직 근무한 지 1년도 안 된 나를 10년은 넘게 이용했을 듯한 분이 이것저것 캐묻고 가시니, 왠지 입사 면접을 다시 보는 듯한 기분이었다. 나중에 또 방문했을 때 내 인사를 흔쾌히 받아준 것으로 보아 다행히 면접은 통과된 것 같다.

단골 이용자는 가끔 간식을 사 왔다. 여름엔 차가운 음료를 사다 주고, 겨울엔 말랑말랑한 귤을 사 왔다. 어떤 날은 뻥튀기를 사 오기도 했다. 아무 날도 아닌 날에 아무 이유 없이 주전부리를 사다

주는 그 마음이 감사했다. 단골손님에게 덤 하나 주는 사장님의 마음 같은 걸까? 따져보자면 도서관이 단골 이용자에게 덤을 드려야 하는데, 덤을 받고 있다. 그저 반가운 얼굴로 인사하고, 소소한 이야기를 나눠드릴 뿐이다.

단골 이용자 말고도, 가끔 음료나 과자, 떡과 같은 주전부리를 주는 분들도 있다. 이용자가 정신없이 많은 날, 고생한다고 주는 분도 있고, 분실이나 연체와 관련해서 미안함을 담아 주는 분도 있다.

데스크에는 가끔 분실물이 들어온다. 어린 이용자의 그림이 가득한 노트, 반짝반짝 아꼈을 만화 카드, 예쁜 책갈피, 목도리, 시계, 우산 등 다양한 물건이 들어온다.

개중에는 지갑이나 신용카드, 상품권도 있다. 대부분 주인을 만나지만 겨울에 남겨진 보송보송한 목도리는 여름이 되어 잊혀졌는지 여전히 분실물 상자에 담겨 있다. 이용자들이 분실물을 찾아가면서 잃어버린 물건을 찾은 데 대한 기쁨과 연락해준 감사함을 담아 주전부리를 건네기도 한다.

이유야 어떻든지 마음을 담아 건네는 간식을 받으면 왠지 민망하면서도 감사하고 간질간질한 기분이 된다. 간식이 없어도 도서관 이용자는 언제나 환영한다.

사서 류영아

# 사서의 직업병

## 진단명 1. 시큰시큰 손목 증후군

2019년 내가 가장 잘한 일 중 하나는 운전면허를 딴 것이다. 차를 살 수 있을 때 면허를 따겠노라며 버텨왔지만, 시간이 지날수록 면허라도 있어야겠다는 생각이 들어 운전면허학원에 등록했다. 필기에 기능시험까지 쉽지 않은 여정을 거쳐 첫 도로주행을 나가던 날, 운전면허학원의 보호 없이 실제 도로로 나간다고 생각하니 온몸이 떨렸다. 핸들을 부여잡은 손과 팔이 딱딱하게 굳는 것 같았다. 조수석에 앉은 강사의 지도를 받으며 천천히 액셀을 밟고 운전을 시작했다.

그리고 대망의 차선 변경! 똑바로 직진하는 것도 어려운데, 옆 차

선으로 가야 한다니! 나름 조심조심 핸들을 꺾는다고 꺾었는데, 차가 생각보다 홱 하니 많이 움직여버렸다. 다행히 옆에 있던 강사가 서둘러 핸들을 잡아준 덕분에 사고는 피할 수 있었다. 한 번 휘청이고 나니 팔에 힘은 더 들어가고, 등줄기에는 땀이 흘러내렸다.

"자, 팔에 힘 빼고 핸들만 가볍게 쥐고 있어요. 내가 잡아줄 테니까."

"…."

"아니. 팔에 힘 빼라니까!"

"힘 뺀 건데요."

"도서관에서 일해서 그런가, 팔 힘이 왜 이렇게 좋아?"

내 마음대로 움직이지 않는 자동차에, 내 마음대로 힘이 빠지지 않는 팔 덕분에 여러모로 서러워졌다. 그런데 도서관에서 일해서 힘이 좋다니. 무언가 웃기기도 하고, 슬프기도 했다.

사실 틀린 말은 아닌 듯하다. 물론 이건 개인차가 있겠지만, 도서관에서 하루에도 수십 번씩 책을 들었다가 내려놓고 서가에서 뺐다가 꽂았다가 하다 보니 나도 모르는 사이에 팔 힘이 길러졌을 수 있겠다. 그런데 팔 힘이 길러지는 것과 별개로 손목은 점점 약해진다.

'라떼는' 말이다, 책을 대출할 때 책 표지에 붙은 바코드를 하나씩 리더기로 읽혀야 했다. 이용자가 책을 데스크 위에 올려놓으면 내 책상 위로 책을 내려놓고, 한 권씩 바코드를 처리한 다음 다시 데스크 위로 올려놓아야 했다. 한 명이 최대로 빌릴 수 있는 책은 5권, 가족 카드까지 4장을 모두 가져온 이용자가 대출 권수 꽉꽉 채워 가져오면 20권, 문화가 있는 날 두 배로 데이까지 겹치면 40권까지 대출할 수 있다.

지금이야 RFID 시스템으로 바뀌어서, RFID 리더기 위에 책을 여러 권 올려놓아도 한 번에 처리할 수 있어 조금 수월해졌지만, 여전히 하루에도 수백 권의 책을 들었다 놨다 하니 손목에 무리가 갈 수밖에 없다. 휴관일 다음 날, 혹은 명절 연휴가 끝난 다음 날 반납한 책들을 정리하다 보면 어느새 손목이 시큰시큰하다. 파우치 속에 손목 보호대는 비상약처럼 필수품으로 챙겨 다닌다.

하지만 손목이 아플망정, 내 손을 거쳐 간 수많은 책이 다른 사람들에게 전달되어 독서의 기쁨을 주고, 도서관으로 다시 한번 방문하게 만든다는 사실은 언제나 효과 좋은 치료제다. 그래서 난 오늘도 한아름 책을 안고 서가 사이로 떠난다.

## 진단명 2. 여기도 저기도 내 도서관 증후군

누군가에게는 힐링의 장소이고, 학습의 공간인 도서관이지만 사서에게는 결국 직장이다. 내가 이용자로서 도서관에서 하고 싶은 일과, 대치도서관 사서로서 출근해 해야 하는 일은 분명 다르다. 물론 직장이 도서관이어서 빳빳한 새 책을 제일 먼저 볼 수 있다거나, 자료를 찾으러 굳이 도서관을 방문하지 않아도 된다는 점은 엄청난 혜택이다. 하지만 때로는 나도 여유롭게 도서관을 방문해서 읽고 싶은 책도 읽고, 고요한 도서관의 분위기를 만끽하고 싶을 때가 있다. 프로그램 걱정, 책 걱정 등 일 생각 안 하고 말이다.

아무래도 직장으로서 도서관에서 책 읽기란 '책 표지 많이 보기'에 지나지 않는다. 고요한 이용자들 사이에서 바삐 움직여야 하기 때문이다. 그런데 실제 동네 도서관에 가면 일터를 벗어났음에도 내 생각과는 다른 상황이 펼쳐진다.

전에 동네 시립도서관을 오랜만에 방문한 일이 있었다. 2층 종합자료실로 가기 위해 계단을 따라 오르니 2층 로비의 한쪽 벽면이 푸르른 잎사귀로 가득했다. 벽면을 식물들로 가득 채워 실내 정원을 꾸며놓은 것이다. 숲속에 온 느낌도 들고 하얗기만 한 시멘트 벽면보다 훨씬 눈이 맑아지는 기분이었다. 그 옆으로는 L자형 프레임을 벽면에 부착해서 책 표지를 전시해놓았다.

'우리 도서관에 저렇게 하려면 어느 벽에다가 하면 좋을까?'

'저 프레임 어디서 샀을까? 붙였다가 뗄 수 있는 건가? 책이 무거우면 떨어지지 않을까? 아, 표지만 붙이면 되는구나.'

벽면을 보면서 자연스럽게 우리 도서관에 적용할 수 있는 방법이 있는지 고민하는 나를 발견한다. 혹시라도 나중에 필요할지 모르니까 사진도 열심히 찍어놓는다.

책을 찾기 위해 정보자료실로 들어섰다. 그런데 분명 대출 가능 상태인데 그 자리에 책이 없다. 찾아내고야 말겠다는 일념으로 앞뒤 서가를 샅샅이 뒤진다. 그러다가 잘못 꽂혀 있는 책을 발견하고는 자연스럽게 빼내서 있어야 할 자리에 꽂아놓는다. 아무렇지 않게 다른 도서관 정배열을 하고 있는 내 모습에 피식 웃음이 난다. 옆에 쓰러져 있는 책들도 똑바로 세워서 바르게 정리한다.

하지만 내가 찾는 책은 결국 못 찾고, 도서관 직원에게 문의했다. 보존서고에 있는 책이라며 직원이 찾아다주었다. 잠시 후 직원이 내가 찾던 책을 가져다주었고, 실로 오랜만에 동네 도서관에서 책을 대출하려고 했다. 아! 그런데 회원카드를 안 가져왔다. 빌릴 책을 다 찾아놓고 회원카드가 없을 때 이용자들의 당혹스러움이 이런 것일까. 보존서고까지 가서 가져다줬는데, 얼굴이 화끈거린다. 하지만 곧 리브로피아에 등록이 되어 있다는 사실을 기억하고 무사히 책을 대출했다. 대출한 책을 가지고 노트북을 이용하기 위해 3층 정보자료실로 향했다.

3층 정보자료실은 인터넷 검색용 PC 좌석, 노트북석, 원문 검색 좌석, DVD 감상을 위한 자리까지 있었다. 그리고 한쪽에는 직접 고를 수 있도록 진열된 DVD와 목록이 보였다.

'DVD 목록을 출력해서 이용자들이 고를 수 있게 했구나.'

'여기는 DVD 분류를 어떻게 하지? 색 띠는 이런 거 썼네?'

'어! 이 영화 우리 도서관에도 사 놓으면 좋겠다!'

이번엔 DVD다. 우리 도서관에서도 곧 DVD 대출을 시작할 예정이었기 때문에 한 번 더 살펴보게 된다. DVD 구경도 마치고, 노트북석에 앉아서 빌려온 책을 보며 자료 정리를 끝낸 후에야 다시 책을 반납하기 위해 2층으로 내려갔다. 아까는 보지 못했던 자가대출반납기가 보였다.

'아, 이 회사 제품은 이렇게 생겼구나. 우리 것보다 자리는 덜 차지하네.'

'여기는 바코드로 책을 인식하는구나.'

'영수증은 우리 것보다 작게 출력되네.'

어느새 우리 도서관에 있는 자가대출반납기와 하나씩 비교해보고 있었다.

도서관에 도착하면서부터 난 평범한 이용자가 아닌 사서로서 타 도서관 견학생처럼 굴고 있었다. 이것도 직업병이라면 직업병이다. 도서관을 가면, 이용자가 아닌 직원의 눈으로 이것저것 살펴보게 된다. 여기는 이렇게 정리하는구나, 저렇게 하면 직원들이 관리하기 불편할 텐데, 저렇게 하려면 직원들 손 엄청 많이 갔겠다, 우리 도서관에도 저렇게 하면 이용자들이 좋아하겠다 등등. 매사가 우리 도서관과 연결 지어서 보인다.

일 생각 안 하고 도서관을 즐기겠다는 마음가짐은 이미 사라져버린 지 오래다. 행사 게시판을 보며 어떤 강좌를 진행하고 있는지 꼼꼼히 살피고 나서야 홀가분하게 도서관 밖으로 향한다. 도서관 가서도 도서관 생각만 하는 나, 이것도 결국 사서의 직업병이다.

## 진단명 3. 도서관 레이더 증후군

지난해에 열심히 챙겨 보던 드라마가 있었다. 그날도 방송시간에 맞춰 앉아 TV 앞을 지켰다. 한참 보는데 멋진 외관의 건물이 눈길을 사로잡았다. 이내 내부를 비췄는데, 알고 보니 미술도서관이었다.

'어! 저기 어디지? 미술도서관이 어디 있었더라?'

'어린이실 가구를 하얀색으로 하니까 밝고 되게 예쁘다.'

'전면 유리라서 블라인드는 꼭 해야겠다. 책 다 바래겠어.'

드라마를 보면서 이런 생각을 하다니! 또 사서의 직업병이 도졌다. 어디서든 도서관이 먼저 눈에 띄는 희한한 병이다. 방영된 장면은 몇 분 남짓 되지 않았고, 드라마 흐름상 도서관이 중요한 장소도 아니었지만, 나에게는 인상 깊은 장면으로 남았다. 곧 TV에서 눈을 떼고 휴대폰으로 손을 옮겨 드라마 제목과 도서관을 검색했다. 그리고 그곳이 2019년에 개관한 '의정부미술도서관'이라는 사실을 알 수 있었다. 의정부미술도서관은 국내 최초 미술 특성화 공공도서관이라고 한다. 도서관을 방문했던 사람들의 후기 사진을 보니 일반적으로 알던 도서관의 모습이 아니어서 눈길이 간다. 시간 날 때 방문해봐야 할 도서관이 또 한 곳 늘어났다.

도서관을 찾는 레이더는 시도 때도 없이 가동된다. 예전에 가족끼리 강원도로 드라이브를 간 적이 있었는데, 한적한 시골길을 가던 중 한 안내 표지판이 눈에 띄었다.

"이런 산골에도 도서관이 있네?"

"넌 도서관은 잘도 찾는다!"

길 안내 이정표는 못 보면서 이상하게 도서관 안내 표지판은 기가 막히게 찾는다. 순식간에 지나가버려 어느 지역이었는지, 도서관 이름이 무엇이었는지 정확히 기억나지 않지만 '도서관'을 또 찾았다는 기억만은 생생하다.

2019년도 국가도서관 통계에 따르면 우리나라 공공도서관은 모두 1,134관이 있다. 아직도 부족한 수치이긴 하지만 매년 조금씩 공공도서관이 늘어나고 있다는 점은 위안이 된다. 사서인 내 눈에 도서관이 조금 더 눈에 잘 띌 뿐이지, 실제로 집 근처에서 도서관을 찾는 것은 어렵지 않다. 이번 기회에 우리 동네 도서관이 어디에 있는지 한번 찾아보길 바란다. 코로나로 인해 휴관인 도서관들도 있겠지만, 미리 찾아놓았다가 나중에 꼭 방문해보길 추천한다. 의외로 가까운 곳에서 도서관이 기다리고 있을 것이다. 그리고 재미있는 특성화 도서관들도 많으니 이런 특별한 도서관들을 찾아보는 것은 어떨까.

## 진단명 4. 책 분류가 가장 쉬웠어요 증후군

나는 사서라는 직업을 떠나서 책에 대한 욕심이 많은 편이다. 우선 책을 사서 꽂아놓으면 언젠가는 읽게 되리라는 믿음으로 책을 구매한다. 최근에는 많이 사지 않는 편이긴 하지만 그래도 집에 쌓여있는 책이 제법 된다.

내 방 한쪽 면에 놓을 새 책장이 들어오던 날도 사서의 본능이 살아났다. 사방팔방 흩어져 있던 책들을 모아 정리하며 이런 생각을 한다.

'833.6(일본 소설)은 여기에 모여 있어야지, 그 옆에는 843(영미 소설)….'

'역사책들은 이쪽에다가 모아놓고.'

'음, 000번대도 있고, 300 사회과학 책들도 있고, 500 기술과

학 책도 있고, 800, 900… 철학이랑 종교 책은 거의 없네.'

어느 순간 도서관의 서가라도 된 양 책들을 배열하고 있다. 심지어 십진분류법에 따라 부족한 분야의 책은 없는지까지 고민하고 있다. 내 방은 도서관이 아니니 굳이 주제별로 꽂아놓을 필요도, 십진분류에 있는 주제마다 책을 구비할 필요도 없다. 물론 주제별로 꽂아놓으면 책 찾기는 쉽겠지만 말이다. 정말 나중에는 청구기호도 출력하고 색 띠도 사다가 책마다 붙여놓는 건 아닌지 모르겠다.

어찌 되었든 주제별로 꽂아놓은 덕분에 내 독서 성향도 깨닫게 되고, 깔끔한 책장 정리까지 덤으로 하게 되어 뿌듯했다. 소설이나 에세이에 편중된 독서 습관도 깨달았으니 이제는 다양한 분야의 독서를 위해 조금은 노력해야 할 듯싶다.

무심코 툭툭 튀어나오는 내 안의 사서 본능을 볼 때마다 내가 사서가 되지 않았더라면 무엇을 하고 있을까 생각해본다. 사서로 일한 날들이 쌓여서 나타나는 사서의 직업병인지 아니면 내 성격이 사서라는 직업군에 최적화된 것인지 모르겠다. 어쨌든 이제는 일상의 한 부분이 되어버린 이런 직업병마저 즐겨보려 한다.

팀장 김윤미

# 도서관 별책부록

우리는 도서관에 산다

지은이 | 대치도서관 사서들

편집 | 김연주 강지예
표지 디자인 | 김셋별
본문 디자인 | 이미정
마케팅 | 김종선 이진목
경영관리 | 서민주

출력 · 인쇄 | HEP

펴낸이 | 이진희
펴낸 곳 | (주)리스컴

초판 1쇄 | 2021년 2월 25일
초판 2쇄 | 2021년 6월 7일

주소 | 서울시 강남구 밤고개로 1길 10, 현대벤처빌 1427호
전화번호 | 대표번호 02-540-5192
영업부 02-540-5193
편집부 02-544-5922, 5933, 5944
FAX | 02-540-5194
등록번호 | 제2-3348



ISBN 979-11-5616-201-8 03810
책값은 뒤표지에 있습니다.